LA LIBRAIRIE DU XXIe SIÈCLE
Collection
dirigée par Maurice Olender

Florence Delay
de l'Académie française

Zigzag

petit essai sur l'art bref
à l'attention d'Emmanuel Khérad

Florence Delay

Éditions du Seuil

Zigzag propose une version modifiée
et augmentée de *Petites Formes en prose après Edison*,
livre édité par Maurice Olender, en 1987,
dans sa collection « Textes du XXe siècle »,
chez Hachette (réimprimé chez Fayard).

ISBN 978-2-02-150725-6

www.seuil.com

au fantôme
de la
bibliothèque

Une préface pourrait être intitulée : paratonnerre.

Lichtenberg

La forme brève, dans la nature, est l'éclair : lumière intense et brève provoquée par une décharge électrique. On dit de l'éclair qu'il zigzague parce que le typographe du ciel y dessine, pendant l'orage, la dernière lettre de notre alphabet. Sur terre, bien des formes brèves, en prose comme en poésie, aspirent à son éclat : maximes, épigrammes, haïkus, aphorismes (définis « haïkus de la pensée » par Steiner), khardjas, proverbes, adages, et j'en passe. Ce livre fera le va-et-vient entre elles, bifurquant à sa guise car son modèle est le zigzag.

Les Cyclopes, fils de la Terre et du Ciel, forgèrent la trinité Tonnerre-Éclair-Foudre qu'ils offrirent à Zeus en échange de leur délivrance – ils avaient été emprisonnés par Cronos, le Temps. Compagne de l'éclair la foudre, divinement délivrée du temps, alerte et fascine les hommes. Fausse jumelle de l'Occasion qu'il faut saisir par les cheveux, c'est elle qui vous saisit, électrise et foudroie. On attribue au roi-magicien Numa une conversation avec Jupiter tonnant au cours de laquelle il le persuada de se contenter, pour détourner la foudre, de têtes d'oignons au lieu de têtes d'hommes. Heureuse initiative.

La Genèse ne dit pas quel jour l'Éternel créa la foudre. Elle précise en revanche que les habitants de Sodome, à l'exception de Lot, périrent foudroyés. Ignoraient-ils leur péché ? Il faut attendre la troisième édition du dictionnaire de l'Académie française (1740) pour trouver la définition du mot issu de la ville, *sodomie* : « péché contre nature ».

En Grèce, philosophes et médecins furent les premiers à pratiquer l'aphorisme. Il contribua, entre autres, à mémoriser les observations et diagnostics d'Hippocrate :

> Dans la fièvre ardente le frisson qui survient est critique.
> La convulsion produite par l'hellébore est mortelle.

La plus ancienne de toutes les substances explosives, la poudre noire, fit son apparition en Europe comme poudre à canon. Or notre monde en trouva un autre, si enfant qu'il allait encore tout nu au giron de sa mère Nature. L'empereur aztèque Moctezuma se crut à demi mort quand il entendit éclater, sur l'ordre des Espagnols, la trompette-à-feu. Et comme on entend le tonnerre quand elle éclate, comme elle étourdit, assourdit, renverse les montagnes, met les arbres en morceaux. Les Indiens prirent nos arquebuses pour la foudre du ciel et, comme nous les tenions à la main, nous prirent pour des dieux. La confusion ne dura pas, mais c'est ainsi qu'une poignée d'hommes put conquérir l'Amérique, un maximum d'espace en un minimum de temps. Or qu'est-ce qu'une forme brève sinon un maximum de signification en un minimum de mots ?

Quand la science des matières explosives se met à jouer, quand elle joue la nuit, elle devient art. L'art pyrotechnique bouleverse un instant l'ordre et le silence des grands luminaires fixes. Le ciel est bombardé de fusées, larmes, gerbes et couronnes en couleurs. Les nuits de 14 Juillet, en France, le ciel se remplit d'éphémères bouquets tricolores. Après le feu d'artifice, les citoyens s'enflamment gaiement en dansant. Pour Baudelaire :

> Le peuple est adorateur-né du feu.
> Feux d'artifice, incendies, incendiaires.

C'est en lisant Edgar Poe, très précisément sa remarque à propos du mot allemand *Schwärmerei* (*not exactly humbug but skyrocketing*), que Baudelaire trouva le mot *Fusées* pour les notes qu'il jetait, phrases ou images dont le raccourci aiguise l'éclat. S'il trouve le mot, il ne crée pas le genre que nous ne ramènerons ni aux *Pensées* ni à la littérature du fragment. Les lanceurs de fusées témoignent même d'un malin plaisir à contrefaire Pascal, tel Bergamín :

> La fusée interrompt sans crainte le silence éternel des espaces infinis.
> La fusée est un roseau qui pense brillamment.

Penser brillamment, est-ce penser à la française ? C'est un mot italien qui vient au bout de la plume de Baudelaire, dans un moment de bonheur, qualifier son feu d'artifice : « Le *concetto* est un chef-d'œuvre ! » Mais, quand il cherche à qualifier la phrase poétique, il lui accorde d'autres formes possibles : la spirale, la parabole, le zigzag.

Le mot espagnol *concepto* est plus riche que le français puisqu'il signifie l'idée conçue par l'entendement en même temps que les mots utilisés pour paraître. Pas d'entendement sans la beauté visible du trait, pas de mot d'esprit sans concept. Double cible : l'envers est l'endroit, l'intérieur l'extérieur. L'auteur vise et se vise, vite.

En intitulant son premier livre de « doutes aphoristiques lancés en l'air » *L'Étoile et la Fusée* (1923), José Bergamín rend un secret hommage au plus grand écrivain conceptiste du Siècle d'or, Quevedo, qui inscrivit sa vie en ces termes :

> J'étais une fusée, je montai rapidement, brûlant et bruyant dans les airs ; la vue me qualifia d'étoile ; je durai peu, je descendis en démentant mes lumières en fumée et en cendres.

Qu'il s'agisse d'une « vie brève », de la plus courte autobiographie possible ou d'un songe, avec les Espagnols on ne sait jamais, le *concepto* qui l'anime est image. L'image jaillit et son jaillissement provoque une sorte de combustion, de court-circuit, comme pour les fils électriques, remarquait Jean Paulhan à propos de Malcolm de Chazal. Images et/ou concepts, les formes brèves dont nous parlons ont à voir avec l'électricité. Et d'abord parce qu'elles éclairent. La condensation – accumulation d'énergie électrique sur une petite surface – fait lever l'orage désiré, détoner la phrase, décharger le cœur. Baudelaire note :

> Jouissances spirituelles et physiques causées par l'orage, l'électricité et la foudre, tocsin des souvenirs amoureux, ténébreux, des anciennes années.

Vingt-six siècles séparent « La foudre pilote l'univers », leçon d'Héraclite, et « L'éclair me dure », parole de René Char, l'affirmation joyeuse du philosophe, de l'ordre du savoir, et l'orgueilleuse affirmation du poète, de l'ordre du sujet. Entre les deux quelque chose a changé. Non que vingt-six siècles aient passé – puisque le temps ne vieillit pas – mais parce que l'ancienne parle du monde et la moderne de soi. Que l'une est fragment détaché d'un tout, l'autre un moi fragmenté pour réintégrer l'univers. Dans l'intervalle, Philosophie et Poésie se sont brouillées, dans l'intervalle, les hommes ont inventé ce qui permet à l'éclair de durer : l'électricité. J'appelle cette hypothèse Edison, et bien que l'art bref soit délivré du temps cette ligne de démarcation est utile pour départager les Anciennes petites formes des Modernes. Comme ligne de partage je n'allais pas choisir Ohm, Volta ou Ampère, pour la bonne raison qu'ils sont devenus des noms communs, à cause de la loi, de la pile et du courant. J'ai choisi Edison parce qu'il a inventé la lampe électrique à incandescence, le télégraphe duplex (deux dépêches en sens inverse sur un fil unique), le microtéléphone, le phonographe, et surtout, surtout, parce qu'il fait figure de Faust au seuil du siècle où je suis née. Villiers de L'Isle-Adam le convoque à l'avant-scène de son *Ève future*, Gertrude Stein pense à lui quand elle compose *Doctor Faustus Lights the Lights*.

Les formes brèves ici choisies n'illustrent pas ma pensée, elles la créent de toutes pièces. *Zigzag* est né d'elles, écrit pour elles, par elles. Et si j'ai choisi Lichtenberg pour paratonnerre, c'est qu'il y a de la lumière dans son nom. Ce physicien allemand fut le premier à observer les formes que dessinent les décharges électriques, et à réaliser les expériences permettant de les reproduire.

Coups et blessures

Je me souviens du K.-O. de Sonny Liston à la première minute de son combat perdu contre Cassius Clay et de la déclaration du vainqueur : « Un coup rapide comme l'éclair, implacable, à la manière d'un coup de tonnerre. »

Georges Perec

Cassius Clay témoigne de beaucoup d'à-propos en se comparant à l'éclair et au tonnerre puisqu'il laissa son adversaire K.-O. La fameuse épigramme de Voltaire eut sans doute le même effet sur le critique qui en était la cible :

L'autre jour, au fond d'un vallon,
Un serpent piqua Jean Fréron.
Que pensez-vous qu'il arriva ?
Ce fut le serpent qui creva.

Et qui se souviendrait d'un procureur véreux du XVIIe siècle si Boileau ne lui avait décoché cette flèche :

J'appelle un chat un chat, et Rollet un fripon.

Il faut un flegme tout britannique pour ne rien sentir passer, comme ce jardinier traversé par la foudre dont l'auteur de *Meurtre dans un jardin anglais*, Peter Greenaway, recueillit le témoignage et qui, désignant son épaule droite, dit : Elle est entrée par ici, et puis désignant son pied gauche : Elle est sortie par là. Sans commentaire. Sans s'ébahir de n'avoir pas péri. Sans même en garder sur la peau cette fractale du foudroyé dite « figure de Lichtenberg ». Je resterai pour ma part sur le continent des étonnés.

Être étonné, à l'origine frappé par le tonnerre, est le début, comme on sait, de toute science, de toute pensée. La pensée aussi vieillit. On a tendance à l'oublier parce qu'elle vieillit beaucoup moins vite que les humains qui la pensent. Elle vieillit moins vite à cause des relais qui se la passent de siècle en siècle, comme la flamme dans les marathons ou les nouvelles que se transmettaient en courant d'un bout à l'autre de l'Empire inca les coureurs télégraphes d'avant Edison. Mais il est des formes qui ne se soucient pas d'être ainsi relayées et qui, adressant par exprès au destinataire un morceau de réel ou un éclat de vérité, veulent que le message soit reçu comme un direct, tel que l'esprit et la main l'ont forgé. S'ils ne sont pas sortis de la cuisse de Jupiter, les orgueilleux auteurs de formes brèves se croient sortis de sa main et tiennent, comme lui, leur attribut à la main : le zigzag.

Ce pourrait être un signe mathématique ou un caractère chinois. C'est en tout cas le signe d'un caractère. Au § 290 du *Gai Savoir* qui commence par : « Une seule chose est nécessaire : donner du style à son caractère », Nietzsche affirme que les caractères faibles, ceux qui ne se dominent pas, haïssent la servitude du style. Je crois que les caractères forts goûtent l'esclavage de la brièveté parce qu'à cette servitude le K.-O. de l'adversaire, qui est le destinataire, met fin. Déflagration et retombée de flammèches tandis que l'incendiaire jouit de l'incendie, dût-il en périr. *Qualis artifex pereo !*

> Il est impossible de porter à travers la foule le flambeau de la vérité sans roussir ici et là une barbe ou une perruque.

Ce constat de Lichtenberg plaisait à Freud bien qu'il n'ait pas de rapport avec l'inconscient. Pas plus qu'avec un « aphorisme » d'ailleurs. L'observateur de Göttingen n'a jamais posé ce nom sur les phrases ou les paragraphes solitaires de ses cahiers. Cette appellation est un coup *post mortem* (dont il s'est parfaitement relevé) porté, semble-t-il, par ses premiers traducteurs français qui reconnurent, çà et là, une forme familière. Reste qu'une image allégorique qu'on croyait épuisée – le flambeau de la vérité ! – s'est rallumée gaiement en cramant quelques perruques aristocrates et quelques barbes jacobines. On dit que les bossus (Lichtenberg en était) sont méchants. Sa déformation l'autorise à viser des protubérances pires que la sienne, qu'elles soient du bas :

> Quand il fabrique une critique, je me suis laissé dire qu'il a, à chaque fois, les plus violentes érections

ou du haut, du crâne, dont l'époque interprète furieusement les bosses :

> Il n'avait pas la poutre sur sa bosse mais dans les yeux.

Quittant la sagesse fixe des proverbes, la parabole de celui qui voit la paille dans l'œil du prochain et ne voit pas la poutre qu'il a dans le sien (Matthieu, 7,3) commence ici à se promener ailleurs. Elle va bientôt prendre un sens interdit, heurter une autre parole du Christ :

> Il faut rendre à César ce qui appartient à César et à Dieu ce qui est à Dieu

(que la sagesse républicaine a détournée une première fois de sa direction, gardant César et laissant tomber Dieu !), et de la collision orchestrée par Paul Éluard et Benjamin Péret naîtra le nouveau proverbe, mis au goût du jour surréaliste :

> Il faut rendre à la poutre ce qui appartient à la paille.

À la même époque, le grand poète chilien Vicente Huidobro s'amuse aussi dans *Vientos contrarios* à contrarier les proverbes :

Ayúdate, que Dios	Aide-toi, car Dieu
no te ayudará	ne t'aidera pas

Dios propone y	Dieu propose et
el hombre dispone	l'homme dispose

La drôle d'arme inventée par Lichtenberg : « un couteau sans lame auquel il manque le manche » fut remise à la mode par André Breton. L'objet idiot est devenu si universel que les usagers ne savent même plus à qui attribuer l'invention d'un si parfait néant. À quoi ressemblait l'auteur ?

Un couteau à soucis, *mensura curarum*. Mon visage en est un.

Parlez-moi des gens qui ont des nerfs gros comme des câbles.

Comme tous les gens aux nerfs fragiles, Lichtenberg ne s'épargne guère. Déplaçant sur nous sa règle et son compas, il se mesure lui-même au report, sur le papier millimétrique de ses pages. Là se reflète son couteau à soucis :

Cette pensée a encore trop de jeu dans l'expression. J'ai indiqué avec le pommeau de ma canne ce que j'aurais dû marquer avec la pointe d'une aiguille.

Son hypocondrie nous est chère. Elle crée un circuit court entre nos travers et les siens, nos maladies et ses maux, l'observation et l'aveu, la troisième personne et la première qu'elle dissimule.

Il travaillait toujours à s'aiguiser, et, à la fin, il s'émoussa avant d'être affilé.

Cet homme avait tant d'intelligence qu'il n'était presque plus bon à rien dans la vie.

S'émousser, n'être plus bon à rien dans le monde, de pointe d'aiguille qui transperce et pique devenir pommeau de canne arrondi qui désigne, de lame affilée couteau sans lame… hantises ! Lichtenberg mesure le champ d'action de l'intelligence à la forme aiguë de sa pénétration. L'aigu, en tout cas, préféré à l'obtus. Les philosophes de la Renaissance opposaient l'angle aigu de l'intelligence à l'angle obtus de la mémoire.

Du latin *acutum*, d'où vient notre acuité, dérive l'italien *acutezza* qui donna l'*agudeza*, la pointe, à l'Espagne. Cette pointe fut l'enjeu et le grand jeu du jésuite le plus coupant du monde : Baltasar Gracián. L'étrange emprise de son œuvre qui, entre parenthèses, sent le roussi (ce n'est pas pour rien que son général le mit à l'ombre et que Bergamín le traita de vaurien) vient de son double objectif. Quand Amelot de la Houssaye traduit en 1684, trente-cinq ans après sa parution, *El Oráculo manual* par *L'Homme de cour* ou qu'un de nos contemporains, Benito Pelegrín, le rebaptise en 1978 *Manuel de poche d'hier pour hommes politiques d'aujourd'hui et quelques autres*, l'un et l'autre (chacun dans l'esprit du siècle) privilégient l'objectif apparent, pragmatique : parvenir. Parvenir à être bon à tout dans le siècle. Or le coup double de Gracián, c'est qu'en parvenant on devienne, et qu'en agissant comme un héros dans ce monde on devienne un saint dans l'autre. La religion avait fait disjoncter le héros et le saint. Le génie casuistique les rejoncte. Comment ne pas évoquer, en arrière-fond de l'original *Oráculo manual*, un mépris très Siècle d'or pour ce qui s'apparente au travail manuel dans l'activité bassement courtisane, ou politicienne, de ceux qui ne saisiront jamais l'esprit de l'oracle ? Mais ceux-là – les seconds couteaux sur le théâtre du monde – n'intéressent pas Gracián occupé seulement d'excellence. Ne reflétant pas l'esprit, ces titres français ne peuvent refléter le style gracianesque, bref, écrivait Jean Cassou, à la façon dont seuls certains Latins ont été brefs, et comme fait à coups de tonnerre.

La primauté intéressant Gracián s'obtient à la pointe de l'épée ou de l'esprit, mais par la pointe. Elle peut être divinement utilisée, comme en témoigne l'exemple qu'il donne de Lope de Vega s'adressant à la grande Thérèse d'Avila, pâmée :

Le séraphin chasseur te tire son dard
Pour te laisser, extatique, sa pointe
Et ses plumes dans le creux de la main.

Les Français ont du mal à admettre qu'un concept puisse résonner dans une forme aussi brillante que le zigzag, frapper par l'idée *et* la beauté. Les traductions diverses données au titre le plus provocateur du père, *Agudeza y arte de ingenio*, illustrent cette difficulté française. De tous, le *Traité des pointes et du bel esprit* (1925) paraît le plus erroné. Un bel esprit chez nous est un fat, un faux, une injure. *Art et figures de l'esprit* (1983) est assurément le plus chic en période d'intimidation formaliste. Hélas ! plus rien ne perce ni ne pique. *Acuité et art de l'esprit* (1909), s'il perçoit le genre aigu, paraît l'englober dans un tout plus vaste, l'esprit, qu'il ne ferait qu'éperonner. Il fallait oser franchir l'obstacle, vaincre la sacro-sainte hésitation et/ou oser l'exploit en termes crus. Ce fut chose faite en 1984 où sortit *La Pointe ou l'Art du génie*.

En repérant du génie dans l'esprit de l'ingénieux – ne dit-on pas en espagnol d'un homme de caractère *¡tiene genio !* –, les auteurs de ladite traduction mettent dans le mille ainsi que leur préfacier, Marc Fumaroli, quand il déclare : « La sûreté de soi du "génie" espagnol fut un mortel défi qui déclencha l'affûtage d'un "caractère" français et en précipita la définition sous Richelieu. »

Voici un exemple, tiré du discours 1, de la fameuse pointe. Particulièrement intraduisible, d'abord parce qu'il est en vers, ensuite parce qu'il s'agit d'une énigme. Il faut donc le déchiffrer par deux fois, ce qui prend du temps et de la peine.

En un medio está mi amor y sabe él
Que si en medio está el sabor
En los extremos la Iel.

Mot à mot :

Dans un milieu est mon amour et il sait
Que si au milieu est la saveur
Aux extrémités le Fiel.

L'énigme déplie en le cachant un prénom de femme que vous trouvez à la fin du premier vers : *y sabe él* = Isabel. La troisième personne du verbe savoir, *sabe*, loge en son milieu, appelant la saveur, *sabor*, qui est au milieu d'elle. Hélas ! comment y goûter si la première et les deux dernières lettres de son nom forment *Iel* qui veut dire Fiel ? Empoisonné, n'est-ce pas ? Que voulez-vous, les femmes sont, de Martial à Kraus, la cible favorite des tireurs de flèches empoisonnées. Retenons que la pointe filtre souvent sous un contexte obscur. Comme une porte soulignée par un rai de lumière qui vous appelle… mais la porte est fermée à clef ! Le père Baltasar plaide pour son salut :

> Si percevoir la pointe vaut le titre d'aigle,
> la produire doit garantir la qualité d'ange.

Si le génie ne laisse pas sur vous les traces visibles de son passage sur la grande Thérèse – la pointe de son dard et ses plumes dans le creux de votre main –, c'est qu'il ne s'agissait pas d'un ange. Ou que vous êtes insensible.

Dans son *Tesoro de la lengua castellana*, Covarrubias enchaîne avec jubilation une suite étymologique de l'aigu, à partir du latin *acutum*, sur tout ce qui perce et transperce l'âme et la matière, de l'esprit pénétrant (du génial séraphin) à la vue de l'aigle (qui perçoit la pointe), d'aiguiser à aiguille et au trou que fait sa piqûre. Mais les langues enferment jalousement leur génie.

Les étrangers au trésor espagnol cherchent l'aiguille dans une botte de foin au lieu de la voir briller au premier coup d'œil.

La pointe pilote l'univers dans le système Gracián, qu'on l'apprécie ou non, guidée par l'entendement d'une raison sociale et divine, forgée à coups de raisonnements. Il est une autre façon de blesser en faisant la lumière : à coups de déraisonnements. Toujours en Espagne, il existe un type d'explosif qu'on allume à la mèche de la déraison. Son nom déjà crépite et pétarade : *disparate*. De *disparar*, tirer un coup de fusil. Le coup de feu du *disparate* est une idée qui fuse, petite sottise aussi bien que grande folie, invention qui étonne et détone, balle ou fusée qui part… mais tirée par qui et contre quoi ? Bergamín a mené casuistiquement l'enquête dans les années 1920 :

> De même que la balle, le déraisonnement peut être lancé contre quoi que ce soit,

vivant ou mort, contre l'homme ou contre les choses : la seule et unique chose qu'il ne peut pas faire est aller contre la raison dont il sort ou qui le lance, parce que c'est précisément la raison qui le tire, le décharge automatiquement. Ce n'est pas le fusil qui est la raison d'être de la balle, mais la balle celle du fusil. On n'a pas fait la balle pour le fusil mais le fusil pour la balle. On n'a pas fait la raison pour la déraison, il est vrai, mais on a fait ou l'on fait la déraison pour la raison : pour lui creuser un lit, pour donner sens, direction et but à la pensée, aux explosions les plus dangereuses parce que les plus vives de la pensée. Le fusil est l'instrument de la balle et la balle son objet même. La raison, peut-on dire, est le canon du fusil de la pensée. La balle est le déraisonnement. Le principal n'est donc pas le fusil mais la balle. Le principal est le déraisonnement.

Et sur la lancée – car il est impossible d'arrêter un déraisonneur raisonnant à ce train d'enfer – Bergamín trouve la déraison à l'œuvre chez tous les Grands littéraires d'Espagne. Seules les explosions de ses contemporains parviennent à l'arrêter : les épouvantails (*esperpentos*) de Ramón del Valle-Inclán, les criailleries (*greguerías*) de Ramón Gómez de la Serna... dont la *Teoría del Disparate* vient de paraître. Une théorie du déraisonnement ! N'est-ce pas aussi brillamment absurde que le couteau inexistant ?

Ce stock d'armes espagnoles, de la pointe gracianesque à la pique dans l'arène du monde, du poignard sous le manteau à l'épée dans le taureau, des algarades avec la raison au coup de feu, à la bombe... tout cela n'est-il pas dangereux de l'autre côté des Pyrénées ? Je sens à vos questions qu'il est temps de mettre un peu d'ordre chronologique dans l'arsenal. Mais avant de clore ce rapide et douloureux chapitre, je ferai remarquer que ni Gracián ni La Rochefoucauld n'ont retourné contre eux la pointe de leurs dagues, tandis que le rasoir de Chamfort, le couteau de Lichtenberg, le coup de feu bergamasque, qu'ils soient réels ou symboliques, peuvent se retourner contre leurs propriétaires. Voilà, en tout cas, une belle ligne de démarcation entre les écrivains !

> Cette sensation poignante qui fait qu'on touche à une phrase comme à une arme à feu

peut-on lire, à la date du 26 décembre 1889, dans le *Journal* de Jules Renard. Et, au détour d'une page des *Cahiers* de Lichtenberg :

> Ne pas oublier le suicide.

Je n'oublierai pas Jacques Rigaut, qui ne laissa derrière lui qu'une poudre de *Papiers posthumes* mais qui, parce qu'il était très grand, avait juré d'être un grand mort et se tira une balle dans le cœur.

Querelle des Anciennes et des Modernes

À coups trop tirés.

Marcel Duchamp

Le héros de Gracián mène un double jeu, ce qui n'est pas du jeu. Mais l'homme qui imagine une

Théorie des plis dans un oreiller

ou celui qui la figure en rébus

ou celui qui lance celle de la Déraison, comme ceux qui, retournant les proverbes, gaspillent avec allégresse une sagesse accumulée pendant des siècles, jouent. Moins dangereusement, il est vrai, que le torero exposant gaiement sa vie dans l'arène. Mais le Latin andalou que Nietzsche surnomme toréador de la vertu, Sénèque, lui, ne jouait pas. Avec la sagesse, la raison, la vertu, on ne plaisantait pas avant Edison ! Ce qui n'empêchait pas d'être brillant. Nos aïeux grecs et romains, je parle ici des plus rapides d'entre eux, de ceux qui avaient le goût attique (d'Athènes), le style laconique (de Sparte), la formule lapidaire, nous ont laissé un trésor bref qui s'est bizarrement constitué – c'est en quoi l'art n'est pas la vie – après leur mort.

Le partage que fit le Moyen Âge de son temps en fonction des genres est éminemment sympathique. Il accorda aux aventures que lui contaient ses contemporains, aux formes dites grandes ou longues – le roman de chevalerie, par exemple –, la majeure partie de son temps d'écoute. Mais pour ne pas blesser les Anciens qui suscitaient le respect, la confiance, en même temps qu'un peu de crainte, il fit de courts prélèvements dans leurs vertus qu'on se passa de bouche en bouche et qui devinrent la sagesse populaire. Parfois resserrant, dans Plutarque par exemple, des comparaisons qui diffusaient sur trois lignes en une, il compressait à la César. Le plus souvent, il extrayait du contexte une phrase déjà toute taillée qui, résumant la règle d'action ou la morale de l'ensemble, faisait gagner bien du temps à l'usager ! Et puis… ce qui est digne d'être inscrit dans la pierre est digne d'être gravé dans la mémoire. D'autant plus aisé à retenir que c'est court. Ne pas oublier cependant que le cerveau est matière infiniment plus sensible que la pierre : il lui faut des saveurs, des couleurs, pour circonvenir les lobes de la mémoire. Rose rubis, jaune topaze, bleu saphir, violet améthyste, vert émeraude… C'est ainsi qu'on nomma lapidaires, au

Moyen Âge, les traités sur les vertus et propriétés des pierres précieuses. Pour monter une sentence en bijou (et constituer un trésor), il faut qu'elle soit précieuse. Pour être précieuse, il lui faut ressembler à sa mère latine, la *sententia*, qui, selon Quintilien, renvoie aussi bien à la vérité qu'au trait brillant.

Ceux qui s'occupent des Anciennes jugent que c'est Quintilien l'orfèvre en la matière. J'avoue que, tout occupée des Modernes, je le cite de seconde main – le trait brillant de la vérité convenant à mon propos. La sentence doit donc briller comme une gemme. Devient gemme un minéral grâce à sa beauté, sa dureté, son invulnérabilité – l'appellation pierres précieuses étant réservée aux corindons et au diamant.

Le style vertical, diamanté, sans bavures.

C'était le rêve de Jules Renard d'écrire une forme longue en ce style ! La trajectoire verticale de cette note en fait une fusée. Son aspect péremptoire reconduit à la sentence.

Le Moyen Âge n'y voyant que du feu n'a guère fait de différence entre la sentence et le proverbe. Pierre qui roule n'amasse pas mousse… Roulant de bouche en bouche, le proverbe et la sentence, Salomon et Sénèque confondus, deviennent vive sagesse vivante. La Renaissance est la grande période des collections. Adages, sentences, proverbes, apophtegmes, reparties et similitudes défilent en *Bouquets*, en *Colliers*. On les cueille d'espèces variées, de longueurs et de couleurs différentes pour un bouquet qui n'évoque en rien la clôture des feux d'artifice car s'il est disparate il n'explose pas. D'aimables florilèges, *Fleurs de Sénèque*, alternent avec ces sages *Colliers de perles* que portent, autour du cou, les jeunes filles de bonne famille.

Les perles ont longue vie. Hier encore, à la veille de ses cent ans, René de Obaldia nous léguait ses *Perles de vie*, sous-titrées *Précis de sagesse portative*. « Chers lecteurs, écrit-il dans sa préface, je vais bientôt me quitter. Oui, disparaître de cette planète. Et il m'est venu à l'idée, encouragé par mon cher éditeur, de rassembler moult pensées, citations (la plupart méconnues), engrangées tout au long de mon existence, et de vous les léguer en héritage, dans l'espoir que pour vous aussi, elles seront source de réflexions, méditations, voire matière à rire et à pleurer. » Parmi ses préférées :

Je voyage pour vérifier mes songes. (Nerval)

Aujourd'hui, je me sens aussi lucide que si je n'existais pas. (Pessoa)

Sans le Diable, Dieu n'aurait jamais atteint le grand public. (Cocteau)

Au fait, il ne tient qu'à nous de constituer un trésor.

La Renaissance a vu aussi renaître la réflexion sur les genres. Dès l'aube 1500, Érasme fait précéder son recueil d'*Adages* d'une lettre à Lord Mountjoy où il oppose sentence et adage. Quand, rentré de voyage – train voiture avion –, vous téléphonez à vos parents et amis pour les rassurer d'un *Ego in portu navigo* ou, plus communément, « Je suis arrivé à bon port », comme vous n'avez pas navigué et que votre maison n'est pas un port, il ne s'agit pas d'une sentence. Mais si un ami ivre vous lance des horreurs sur vous-même et que quelqu'un dit *In vino veritas*, ne haussez pas les épaules, prenez-le au sérieux, ne vous laissez pas entraîner par son allure proverbiale, rompez impérativement avec l'ami (ou avec vous-même) car il s'agit d'une sentence ! Avec les proverbes, vous êtes plus libre. Un pas en avant, un pas en arrière, débrouillez-vous.

À père avare,
fils prodigue.
Tel père tel fils.

Cœur qui soupire
n'a pas ce qu'il désire.
Cœur content
soupire souvent.

Résignés à se contredire (ou à nos contradictions), ils nous accompagnent d'un pas tango. Érasme pense qu'ils sont des étincelles de l'ancienne sagesse, arrivés jusqu'à nous (à bon port) à cause de leur vérité et de leur drôlerie. C'est vrai que Pythagore est drôle quand il dit :

> Les biens de nos amis sont propriété commune.

Mais il le pense ! Comme ce spectateur dans l'arène qui, enthousiasmé par une pose parfaitement exacte de banderilles, s'écrie : Ça, Pythagore n'aurait pas fait mieux !

Érasme commence donc à penser/classer. À séparer la prose des vers. Chez Sénèque, par exemple, les *Flores* en prose des *Proverbia* qui sont des sentences en vers. À ranger d'un côté les *Adages* qui rappellent – nul n'est censé ignorer la loi – des règles de juridiction, des règles de conduite et d'action, du *Mens sana in corpore sano* au « Connais-toi toi-même ». De l'autre les *Apophtegmes* (sentences en grec), paroles mémorables des Sages de l'Antiquité qu'Érasme recommande tout spécialement à ceux qui n'ont pas le temps de lire : aux hommes d'État ! Ainsi regroupés « parce qu'ils possèdent leur principe particulier et leur nature propre qui leur permettent d'exprimer avec brièveté, ingéniosité, piquant et esprit le caractère de quelqu'un ». Voilà comment Diogène le cynique est arrivé jusqu'à nous, et non seulement son mauvais caractère, harcelant sans relâche les Athéniens, mais les objets même dont il se servait : l'écuelle qu'il a brisée, la lanterne qu'il tenait allumée en plein jour, et le tonneau où il habitait. Ce dernier a roulé commodément jusqu'à nous grâce à sa forme. La lanterne est restée allumée parce qu'elle fait image, tellement image qu'elle a inspiré aux peintres la scène *Diogène cherchant un homme avec sa lanterne*.

« La brièveté n'exclut pas l'ornement, autrement il n'y aurait plus d'art », précise Quintilien. Mais la repartie non émoussée, l'image non soufflée par le temps, le trait d'esprit ou de lumière sont-ils ornementaux ou constitutifs de l'art bref ? L'ornementation des Anciennes serait-elle la constitution des Modernes ? Dans une comparaison, c'est de la relation le plus éloignée possible entre les termes comparés que naît l'ornement, la fleur. « Plus loin on va la chercher et plus elle apporte d'originalité et provoque de surprise », dit encore l'orfèvre des Anciennes. Et où ces dernières allaient-elles chercher un terme de comparaison ? Dans la réalité, la nature, les propriétés naturelles. Pouah !

font les Modernes, nous, on ne va rien chercher du tout, on trouve ! Nous marions le parapluie et la machine à coudre, nous inventons un rapport contre-nature entre deux réalités… Et leur orfèvre, Reverdy, de formuler :

> L'image est une création pure de l'esprit.

Tant que l'image supposait la comparaison, la métaphore allait plus vite qui supprime le « comme », mais comment retrouver l'une ou l'autre dans ce qui suit :

> Les ampoules bleues savent taire leur lumière.
> Le crocodile est une valise qui voyage pour son compte.
> L'eau lâche sa chevelure dans les cascades.
> Les corbeaux se teignent.

Ah, intempestives *greguerías* qui ne présentez aucun esprit de sérieux, aucune utilité morale ou publique, votre irruption m'oblige à présenter des excuses et à prendre congé de la Renaissance !

Congé. Si, en constituant sa collection, Érasme, prince des humanistes, juge que les comparaisons condensées sont les *gemmas preciosas* qui font briller les sentences, de son côté Ronsard, prince des poètes, prétend que ce sont les sentences qui font « reluyre les vers, comme les pierres précieuses bien enchâssées les doigts d'un grand seigneur ». Chassé-croisé et trêve de figures ! Ses *Adages* ont beau avoir été le plus grand succès de librairie du XVIe siècle, c'est quand même grâce à l'*Éloge de la folie*, où il parle en son nom propre, qu'Érasme est encore parmi nous. Et puis… toutes ces fleurs de sagesse, ces colliers de perles n'étaient que des CITATIONS, faites en LATIN, de surcroît.

C'est par mots de billets, portés par laquais, qui continuaient les conversations entreprises au salon, qu'un duc, une marquise et un académicien commencèrent à mettre au point la maxime française. Le duc, n'ayant point fait d'études, s'était tourné vers le monde.

> Il est plus nécessaire d'étudier les hommes que les livres.

Mais la précieuse marquise, elle, avait beaucoup lu, et particulièrement *L'Homme de cour* de Baltasar Gracián :

> Il est aussi nécessaire d'étudier les hommes que les livres.

Comme quoi il suffit d'un mot pour changer de perspective. Quant à l'académicien, il avait nom Esprit (Jacques) et la réputation d'être un abbé écervelé. Qui donna à l'autre le goût ou la maladie des sentences ? On ne sait. Le fait est qu'en 1665, après avoir circulé sur copies et dans l'anonymat, voyaient le jour des *Réflexions ou sentences et maximes morales* en livre, en français, et signées d'un nom, originales donc. Ce tournant capital, ou première scission, autorise une halte.

Que si l'on a pu parler d'un « jeu des maximes » dans le salon de la marquise de Sablé, nous jugeons malséant de profiter de ce mot. Que s'il y a de l'humeur, beaucoup d'humeur, dans les *Maximes*, parce que

La fortune et l'humeur gouvernent le monde

elle ne les pilote pas comme la foudre. Quand elles pompent, leurs sources sont à portée de la main (Montaigne, Gracián), non à des années-lumière, et la plupart du temps, sorties de l'esprit et de la main qui les ont forgées, elles sont inédites. À peine ce mot est-il apparu qu'il faudrait, par politesse, l'éconduire : il n'est pas de bon goût, au XVIIe siècle, d'inventer ! Mais après l'EDF qui éclaire n'importe qui, le mauvais goût ne craint plus personne et lui, ou moi, insiste : La Rochefoucauld n'a plus pour caution les Sages de l'Antiquité, il affirme de sa propre autorité. Un caractère est là, vision du monde, angle aigu, le plus souvent sans mémoire. Et qui ne présente pas des préceptes à coups de « il faut » ou de « l'on doit » mais définit, comme si les choses étaient telles qu'il les dit.

> Le silence est le parti le plus sûr de celui qui se défie de soi-même.

Jules Renard n'aura pas d'autre esthétique.

> Ma phrase de demain : le sujet, le verbe et l'attribut.

Les *Maximes* définissent les passions et la nature de l'homme à l'époque où se constituent les grands dictionnaires qui définissent les mots. Au XXe siècle, les formes brèves jouent les déshéritées parce que le matériel lexical leur est arrivé usé, détérioré par l'usage. Aussi fabriquent-elles de nouvelles définitions pour de nouveaux glossaires. Ce sont des *self made forms.* N'empêche qu'on reconnaît ici et là certains traits génétiques, le ton péremptoire de leur aïeule la maxime, par exemple. Et quand elles feignent d'exhiber des vérités indiscutables, il n'est pas rare de les entendre disputer, en dessous, de la façon dont l'une contrefait ce qui fut fait, dont l'autre contredit ce qui fut dit, car elles adorent être contre et tout contre la famille brève.

Il faut battre le fer pendant qu'il est chaud.
Il faut battre sa mère pendant qu'elle est jeune.

Les proverbes anonymes, on l'a vu, n'ont pas attendu le détournement surréaliste pour faire divorcer le sens entre eux. Rappelons le tango cœur qui soupire/cœur content. Comme les *Maximes* du duc n'ont pas attendu Ducasse, le comte, pour être retournées. Témoin l'émerveillement de la marquise de Sévigné devant ce que sa fille fait avec la 42 :

> 14 juillet 1680
> Vous dites mille fois mieux que M. de La Rochefoucauld : nous n'avons pas assez de raison pour employer toute notre force. Il serait honteux, ou du moins l'aurait dû être, de voir qu'il n'y avait qu'à retourner sa maxime pour la faire beaucoup plus vraie.

Dans *Principales Manières d'écrire des pensées sans en avoir*, le critique Jules Lemaître dénonça l'art de fabriquer des faux. De nos jours, l'arrière-petite-nièce d'Edison, la machine ALAMO, va bien plus loin, à l'aide de l'ordinateur, que la fille de la marquise :

> Le courage est la continuation de la peur par d'autres moyens.

Elles ont beau faire (les machines), saluons le moment où, masqué, sous cape comme un conspirateur – dans la vie La Rochefoucauld en fut un –, il y a pour la première fois, sous l'absence de sujet apparent de l'énoncé, quelqu'un, où c'est « je » l'analyste, le cynique, le mélancolique, « moi » l'artisan de la variété des tours, des figures, des images dont certaines frappent toujours par leur beauté indiscutable.

> Le soleil ni la mort ne se peuvent regarder fixement.

Écartant le jugement de Montesquieu qui y voyait les « proverbes des gens d'esprit », nous dirons que c'est au XVIIe siècle que les sagesses qui s'étaient séparées au XVIe divorcent. La populaire s'en va d'un côté avec les proverbes, la savante de l'autre avec les *Maximes*, les *Pensées*, les *Caractères*. Ce qui s'est passé là est assez ruineux. On aura désormais à l'intérieur de la même langue une culture populaire et une culture savante. Heureusement, il y a Jean de La Fontaine qui, épris d'antiquités nationales, ne refuse ni les avionnets ni les ysopets, ni la succession d'Avienus ni celle d'Ésope, tout en constatant : « Aujourd'hui on veut de la nouveauté et de la gaieté. » Le goût du public est aux genres courts, cela tombe bien, le sien aussi ! À moins que ce ne soit lui qui ait rendu le Petit Véhicule plus plaisant que le Grand… le bref plus gai que le long.

La Fontaine ne serait peut-être pas devenu fabuliste si son protecteur, le surintendant Fouquet, n'avait si malencontreusement ébloui le Roi-Soleil le jour de la fête de Vaux. Il eût continué à célébrer les nymphes du château plutôt que d'observer les bêtes à travers nos caractères. Banni de la « civilisation Fouquet », La Fontaine se fit animalier. Gracián se cacha sous un pseudonyme et biaisa avec la Compagnie jusqu'à ce que, un libelle féroce l'ayant dénoncé, son général le destituât de sa chaire. De même, La Rochefoucauld échoua au parti de la Fronde et Chamfort à la Montagne. Ce dernier, enfant naturel, fut un de ceux qui légitimèrent les trois principes, toujours gravés au fronton de nos mairies mais plus sur nos pièces de monnaie. C'est lui qui souffla à Sieyès le foudroyant : « Qu'est-ce que le tiers état ? – Tout. – Qu'a-t-il [...] ? – Rien. » Chamfort qui, sous l'axiomatique formelle de la Terreur, préféra mettre lui-même fin à ses jours. Ces maîtres du genre aigu ont souffert politiquement.

Érasme et Gracián croyaient encore que les politiques, auxquels le temps du raisonnement ou de l'observation fait défaut, peuvent se nourrir de condensés. Plus Chamfort. Il est un des premiers, en pleines Lumières, à se défier du « général ».

> Les maximes générales sont dans la conduite de la vie ce que les routines sont dans les arts.

Il déplore que les axiomes des gens d'esprit puissent être confondus avec des lois générales par des paresseux, ou des médiocres, qui se dispensent ainsi de l'observation dont l'axiome est l'abrégé et font une économie de temps qui est économie de pensée.

L'Université l'affirme, je me range sous son autorité : à la fin du XVIIIe siècle, l'aphorisme abandonne ses prétentions universalistes, se politise, s'individualise, perd même la caractéristique qui l'isolait du récit.

La Rochefoucauld avait-il amorcé le mouvement ? Oui, à en croire Vauvenargues, qui fait la moue devant ces « maximes de roman », lui qui ne fut capable d'en écrire que pour les manuels ! La seconde scission d'avec les Anciennes s'est donc opérée au tournant de l'histoire, quand Chamfort introduit la société auprès de la nature humaine, que l'homme de cour devient l'homme d'une classe. Il n'est jusqu'à Diogène qui ne s'actualise en cherchant à midi, dans les rues de Paris, sa lanterne à la main, un homme.

> Si Diogène vivait de nos jours, il faudrait que sa lanterne fût une lanterne sourde.

Après Edison, les petites brèves subissent de telles secousses terminologiques qu'on ne sait plus à quelles saintes les vouer. La maxime paraît grillée. Au seuil des *Feuillets d'Hypnos*, Char se hâte de préciser : « Ces notes n'empruntent rien à l'amour de soi, à la nouvelle, à la maxime ou au roman. Un feu d'herbes sèches eût tout aussi bien été leur éditeur. » L'auteur de *De l'inconvénient d'être né*, livre d'aphorismes, les dénonce :

> L'aphorisme ? Un feu sans flamme. On comprend que personne ne veuille s'y réchauffer.

Et pourtant Cioran préparait soigneusement le feu, en écrivant deux ou trois feuillets dont il ne publie que la fin. « J'épargne au lecteur le cheminement de ma pensée. Je crois que je fais des aphorismes par paresse. » Paradoxe ! Que fait d'autre Bergamín quand il lance la catégorie du « doute aphoristique » ?

> Le paradoxe est un parachute de la pensée. Je fais des paradoxes pour ne pas me rompre des os.

Ils ont beau jouer les indifférents, leur pratique trahit de l'amour pour cette opération éclair où prose et poésie déchargent leur inimitié.

L'aphorisme est le court-circuit de la pensée.

Pour en finir avec cette dispendieuse Querelle, une ultime chicane. On sait que l'allure mathématique contribue à la fixation des phrases célibataires. Le sérieux Lanson, au XIXe siècle, s'est amusé à mettre en équation la 67 :

> La bonne grâce est au corps ce que le bon sens est à l'esprit.

Ainsi posée $\frac{\text{bonne grâce}}{\text{corps}} = \frac{\text{bon sens}}{\text{esprit}}$ il en résulte ce corollaire : la bonne grâce est au bon sens ce que le corps est à l'esprit… ce qui est un non-sens. L'Université du XXe siècle s'amuse autrement et mieux avec la 107 de *Rrose Sélavy* :

Mots, êtes-vous des mythes et pareils aux myrtes des morts ?

obtenant par son équation $\frac{\text{mots}}{\text{morts}} = \frac{\text{mythes}}{\text{myrtes}}$ un corollaire plein de sens : les mots sont aux mythes ce que les myrtes sont aux morts. Ce jeu de miroir entre quatre mots qui n'ont aucune parenté étymologique ou sémantique, c'est une seule lettre, le *r*, qui le fonde. Telle est l'*algèbre céleste* de la *geste célèbre* ! Sans nul souci de signifier Desnos le succube a mis la langue en équation et voilà que par le plus policé des retournements les mots se sont mis à penser tout seuls.

Support Surface

1er décembre 1891

Comme c'est vain, une idée !
Sans la phrase, j'irais me coucher.

Jules Renard

À la mort de Pascal, on trouva une multitude de feuilles volantes et de petits papiers écrits d'un côté, si mal, d'une écriture si imparfaite, qu'on eut toutes les peines du monde à les déchiffrer. Découpés en une infinité de morceaux, ils furent collés de façon arbitraire, dans le désordre : la Mort avait fauché le penseur avant qu'il ait eu le temps de lier ses *Pensées* suivant un plan ou un dessein dont elle n'aurait peut-être pas triomphé. Sa victoire cependant fut incomplète, grâce au zèle des familiers qui recueillirent cette poussière sans ciel.

À la mort de Chamfort, la plupart des cartons dans lesquels il avait jeté, jour après jour, les petits carrés de papier sur lesquels il notait « les résultats de ses réflexions, rédigés en maximes, les anecdotes qu'il avait apprises, les faits servant à l'histoire des mœurs dont il avait été témoin dans le monde ; enfin les mots piquants et les reparties ingénieuses qu'il avait entendus ou qui lui étaient échappés à lui-même », la plupart de ces cartons, dis-je, furent vidés et enlevés avant l'apposition des scellés. Le juge de paix renferma dans deux portefeuilles ce qu'il trouva de reste. C'est d'un choix parmi cette « espèce de débris » que l'ami fidèle, Guinguené, tira un livre. Il l'organisa en fonction d'un des petits papiers trouvés dans la masse qui lui parut donner la clef du dessein d'ensemble. Voici ce qui y était écrit : PRODUITS de la Civilisation perfectionnée. 1re partie, *Maximes et pensées.* 2e partie, *Caractères.* 3e partie, *Anecdotes.*

Enfin, Guinguené exhorta ceux qui possédaient une part du trésor à ne pas la garder enfouie. L'appel fut entendu et les éditions suivantes parurent enrichies.

Qui a joué les parents du mort pour Héraclite, pour Empédocle ? Qui a rattrapé la foudre, rapporté la sandale ?

À la mort du père Daniel Pezeril, qui fut évêque auxiliaire de Paris de 1968 à 1986, des amies dont je suis recueillirent dans son bureau près de Saint-Germain-l'Auxerrois de nombreux cahiers d'écoliers où il notait des phrases détachées de sa lecture quotidienne du bréviaire, et d'autres jugées précieuses tirées d'autres lectures, souvent de poésie, ou encore des pensées siennes. Il souhaitait en faire un livre qu'il avait provisoirement intitulé « Maximes chrétiennes », titre qui ne convenait pas car il s'agissait plutôt de graines destinées à croître dans l'esprit de celui ou celle qui les lit. Il apparentait ces phrases au discours bref requis par la règle franciscaine « car le Seigneur a abrégé la Parole sur la terre ». Et il ne craignait pas de rapprocher un propos de François d'Assise :

Le Christ a abrégé la parole humaine

de tel autre de Maurice Blanchot :

Libère-moi de la trop grande parole.

Dans le plus ancien de ses cahiers il avait noté de Grégoire le Grand : « Tout homme qui suit le Bon Pasteur avec un cœur simple est nourri dans les pâturages des prairies intérieures. » Cette image des prairies intérieures l'émouvait. Quand je la retrouvai sous la plume d'Eusèbe de Césarée : « Comme en des prairies spirituelles, j'ai cueilli, telles des fleurs, les passages utiles des écrivains anciens », il me sembla que le titre convenait au florilège du père.

Le Christ ressuscité appelle Marie Madeleine « Femme », elle n'entend point, puis « Marie », et elle le reconnaît. Ainsi de toute rencontre avec Dieu.

Je n'étais pas prophète, je n'étais pas fils de prophète, j'étais bouvier et je traitais les sycomores, mais le Seigneur m'a sorti de derrière le bétail. (Amos 7,14)

Les nuages s'envolent comme des oiseaux. (Ben Sirac 43,14)

L'oiseau, écrit Ernest Renan, paraît à François d'Assise comme à Jésus mener la vie parfaite, car l'oiseau n'a pas de grange, il chante sans cesse, il vit à toute heure du don de Dieu, et il ne manque de rien. L'oiseau est pour Renan le seul parfait chrétien.

Est-ce parce qu'elles sont, contrairement aux fleurs cueillies dans les prairies intérieures, bris involontaires, *in memoriam* d'une pensée, que les *Pensées* de Pascal refusent de nous consoler ? Est-ce pour nous retourner, faire que notre sensibilité aux petites choses passe aux grandes… que celle-ci nous blesse d'un

> Peu de chose nous console parce que peu de chose nous afflige.

Or pour renvoyer à ce constat sévère, il nous faut lui attribuer un chiffre qui n'a pas été choisi par le mathématicien. Impression de donner un faux numéro. Tandis qu'avec La Rochefoucauld ou Desnos, pas d'inquiétude : ils ont placé eux-mêmes et surveillé l'ordre sinon des pages du moins des phrases.

Dans une courte fable du livre I intitulée « L'homme et son image », dédiée à M.L.D.D.L.R., Jean de La Fontaine peint un homme qui, se croyant très beau, « accusait toujours les miroirs d'être faux ». Les fuyant, il quitte la ville et se réfugie en des lieux écartés. Las, une rivière s'y trouvait !

Mais l'eau en est si pure, son canal est si beau, que l'homme tout en s'y reflétant a peine à le quitter. Voilà Narcisse sauvé des eaux : il a trouvé plus beau que lui dans la réflexion littéraire.

> Notre âme, c'est cet homme amoureux de lui-même ;
> Tant de miroirs, ce sont les sottises d'autrui,
> Miroirs, de nos défauts les peintres légitimes ;
> Et quant au canal, c'est celui
> Que chacun sait, le livre des Maximes.

Si les *Maximes* avaient été succession discontinue de petites surfaces polies, Narcisse eût assimilé leurs flaques brillantes aux miroirs des marchands et des femmes qu'il fuit. Mais parce qu'elles sont canal et livre, longuement beau et bref, elles ont sur lui un effet thérapeutique. Elles rendent la vie navigable, il est moins malade de lui-même ! Ce canal, pour un contemporain, n'a rien de décourageant, au contraire.

Pascal a-t-il souffert de laisser son grand ouvrage en petits papiers ? Ou bien, pris par son pari, a-t-il tout oublié pour regarder la mort fixement ? Chamfort, c'est la Révolution qui l'a pris. Ses papiers, à mon avis, il n'y songe même plus quand il délivre, en mourant, son testament à l'abbé Sieyès : « Ah mon ami, je m'en vais enfin de ce monde où il faut que le cœur se brise ou se bronze. »

Les paroles qu'on dit en mourant appartiennent forcément au genre bref. Les cimetières m'apparaissent soudain comme des anthologies de vies brèves, écrites non plus sur papier mais sur pierres tombales, avec une économie de moyens remarquable puisqu'il n'y a souvent qu'un nom suivi de deux dates entre parenthèses. Les dernières paroles de Chamfort méritent d'être gravées sur sa pierre tombale, en épitaphe. « Ce ne sont certes pas les paroles d'un Français mourant », remarque Nietzsche, au § 95 du *Gai Savoir.* C'est parce que Chamfort se croyait presque perdu le jour où il n'avait pas ri que Nietzsche nous le retire et le juge plus italien que français.

Lichtenberg, le « Chamfort allemand » (puisque les Français, sans rire, ramènent tout à eux), celui en qui Nietzsche voyait un des penseurs les plus originaux et profonds de l'Allemagne, est le premier à déplorer un défaut de vision ou une incapacité à relier, sans quoi il eût peut-être fait de ses *Cahiers* un livre :

> Si je pouvais dans mon cerveau creuser des canaux pour la circulation intérieure de mes pensées ! Par contre […] les voilà par centaines, inutiles les unes aux autres.

C'est par leur inutilité entre elles, leur variété, leur incohérence même interdisant la navigation paisible, que ses *Aphorismes*

– désignation *post mortem*, rappelons-le – sont précurseurs de découvertes et d'expériences futures. Ni pensées reliées par un réseau, ni observations permettant de disposer entre elles un espace balisé.

Les formes brèves sont des idées. Provoquées par des instants, pas des instances. Jamais reçues, toujours lancées. Et qui manquent d'espace, car elles devraient pouvoir éclater en pleine page au lieu de retomber sur une autre idée. Quand leurs auteurs ne savent pas trop comment les publier, ils les incluent, telles des variations ou des diversions, dans d'autres ouvrages. Si je m'arrête en Argentine, par exemple, je constate que Macedonio Fernández inclut les siennes dans un *Cahier de tout et de rien* (*Cuaderno de todo y nada*), Bioy Casares dans une *Guirlande* (*Guirnalda con amores*), et Julio Cortázar dans un *Tour du jour en quatre-vingts mondes* (*Vuelta al día en ochenta mundos*).

Le cas de *Voces* d'Antonio Porchia est rare : dans une édition espagnole et dans une édition française sous le titre *Voix réunies* chacune a droit à une page. « Qu'on ne dise pas que j'écris des aphorismes. Je me sentirais humilié. » Cet étonnant aveu de l'auteur d'un livre unique peut s'éclairer d'un autre : « Mon livre *Voix* est quasiment une biographie qui est quasiment à tout le monde. »

> La pauvreté d'autrui me suffit pour me sentir pauvre. La mienne ne me suffit pas.

Émigré de Calabre en Argentine avec sa famille après la mort de son père, Porchia publia tard dans sa vie et à compte d'auteur un recueil – mille exemplaires qui l'encombrèrent vite et qu'il distribua aux bibliothèques municipales. Les lecteurs recopièrent ce qu'ils aimaient et c'est ainsi d'abord que circula le livre, par la suite amplifié. Les « voix » qu'entendait cet homme solitaire qui vivait comme un moine, arrosant avec tendresse les fleurs de son jardin qui semblent avoir été ses uniques compagnes, se situent à la lisière de la pensée et de l'image, de la surprise et de l'inquiétude que provoque l'instant. Il en écrivait quatre ou cinq par an. Un exemplaire arriva entre les mains de Roger Caillois qui vivait alors en Argentine – c'était l'époque de la France occupée. « J'échangerais contre ces lignes tout ce que j'ai écrit », déclara-t-il, et il souhaita aussitôt en publier dans la revue *Sur* de son amie Victoria Ocampo. Le projet échoua (pour des questions de grammaire ou de virgules, je crois, Porchia retira son livre). Caillois revenu en France le traduisit en partie et le confia à l'éditeur G.L.M.

Guy Lévis Mano, dans les années 1950, publiait des *Dits* par paquets de douze. Il est peut-être même le premier à avoir imaginé cette impression d'une phrase célibataire sur une carte postale. Il en récoltait un peu partout. On pouvait poster Kafka :

> Une cage s'en fut à la recherche d'un oiseau

au garçon qu'on aimait. Il se peut que G.L.M. ait prélevé, à l'ancienne, la phrase dans un contexte, je ne suis pas allée voir, l'illusion est parfaite. C'est en tout cas grâce à lui que je découvris le nom d'Antonio Porchia sous une phrase que je n'oublierai jamais :

> Je sais que tu n'as rien. Aussi je te demande tout. Pour que tu aies tout.

Une nuit de 1956, René Char, ses premiers ouvrages posés en équilibre sur la tête, marchait rue Barbet-de-Jouy en songeant à Proust. « Soudain – à la suite de quelle maladresse – la tour de mes poèmes s'écroula au sol, se brisa comme verre [...]. *Le Marteau sans maître, Placard pour un chemin des écoliers, Art bref, Dehors la nuit est gouvernée* n'avaient plus du livre que le nom ! Je ramassai trente-trois morceaux. » G.L.M. les publia *En trente-trois morceaux* et en choisit un, pour ses *Dits*, qui croise merveilleusement la cage de Kafka :

Des yeux purs dans les bois
Cherchent en pleurant la tête habitable.

Char affectionnait le support des pierres pour y peindre ses pensées. Aussi ses amies étaient-elles chargées de trouver des galets, en particulier au bord de l'Océan, suffisamment plats et lisses pour y peindre, par exemple :

Poètes : enfants du tocsin.

Certains vers ayant contribué à la résonance d'un poème le quittent et prennent leur indépendance. De l'« Art poétique » de Vicente Huidobro s'est envolée cette admonestation :

Pourquoi chantez-	*Porqué cantáis*
vous la rose,	*la rosa,*
oh Poètes !	*¡oh Poetas!*
Faites-la fleurir	*Hacedla florecer*
dans le poème ;	*en el poema;*

Et aussi le dernier vers :

Le poète est	*El poeta es*
un petit dieu.	*un pequeño dios.*

Tout l'esprit du « créationnisme » se voyant ainsi résumé, on se demande encore si c'est Vicente Huidobro ou Pierre Reverdy qui inventa ce mouvement.

On prélevait plus facilement par le passé dans le style discontinu que dans le style continu, dans l'attique que dans l'asiatique. C'est pourquoi le style déjà « coupé » de Montaigne, son parler « solide, court et serré, nerveux, déréglé, non peigné, soldatesque », se prête magnifiquement au larcin. Les *Essais* sont une mine pour les chercheurs d'or. Mais attention, encore une fois. La phrase célibataire authentique n'est extraite de rien. Elle est ! Sa suffisance et sa paresse deviendront telles qu'elle préférera passer en bouche pour un lapsus, en chose pour un *ready made*, qu'avouer qu'elle est le résultat d'un travail quelconque. Ici je raconte, bien sûr, son histoire à l'envers, m'autorisant du proverbe :

Al revés te lo digo para que entiendas.
À l'envers je te le dis pour que tu comprennes.

À la fin de sa vie Baltasar Gracián, ayant abandonné le style laconique et l'axiomatique du comportement pour passer au roman allégorique – *El Criticón, L'Homme détrompé* –, justifie ainsi la débauche qu'il fait des apparences :

> Les choses du monde se doivent regarder à l'envers pour se voir à l'endroit.

À trop les regrouper les célibataires risquent de passer, si le livre est petit, pour une fin de série (*Dits* de Picabia), s'il est gros (*Sens plastique*) ou même moyen (*Syllogismes de l'amertume*) pour un début de système. Or ce qui rappelle la scolarité leur nuit, l'uniforme amer leur sied mal. Par essence elles aspirent à s'échapper du carcan, collier où on les enfile, page où on les enferme. Chacune se veut privilégiée et croit que vous pliez sur elle votre regard en éventail. À peine en avez-vous distingué une qu'une autre déjà vous guigne. Ce n'est qu'une fois la compagnie dispersée qu'on retrouve celle qui s'est fichée dans le cœur. Là elle brille comme une perle dont on serait l'huître… et on la cultive, on se la redit, on l'emporte en soi. Ce pour quoi René de Obaldia parlait avec raison de « sagesse portative ».

Ramón Gómez de la Serna publiait les siennes dans les journaux qu'on jette avec le pain rassis de la veille. Chacune de ses *greguerías* lui paraissait n'être que la « petite urne cinéraire » dont il avait besoin pour ses cendres quotidiennes… Le Phénix renaissait de ses cendres tandis que le simple abonné enlevait joyeusement l'élue dans son cœur ! Elles étaient beaucoup plus contentes que dans le gros volume d'Aguilar intitulé *Total de Greguerías* où elles se sentent humiliées puisque chacune prétend être un petit tout ! Et puis ce titre semble dénoncer que Ramón est mort, que feu l'auteur ne fera plus feu. C'est désagréable.

Le tir groupé ne réussit qu'à Flaubert parce qu'il amasse un trésor inverse, celui de notre Bêtise. Son intention étant de clouer le bec aux débiteurs de langage cuit et de lettre morte, plus les petites sont crasses, moches, usées, réacs, nombreuses, plus le bouquet explose ! Son *Dictionnaire des idées reçues* accomplit le prodige de les relancer avec un bruit de pétard mouillé.

En rupture avec les genres traditionnels, Juan Ramón Jiménez, « l'Andalou universel » prix Nobel de poésie en 1956, avait imaginé dans son *Diario de un poeta recién casado* (Journal d'un poète jeune marié) d'alterner aphorismes, poèmes, lettres, annonces publicitaires, graffitis et même épitaphes. Quand il entreprit la révision de son œuvre et sa *depuración* – le mot dépuration existe en français mais il me déplaît autant qu'épuration –, il en détacha les aphorismes pour composer un volume à part intitulé *Crítica*. Ce qui semble confirmer que l'aphorisme a vocation d'aller à contre-courant des idées reçues.

Comme s'il fallait se justifier d'interrompre des histoires d'amour par d'autres considérations, Adolfo Bioy Casares cite le docteur Johnson dans le prologue de *Guirnalda con amores* : « Peut-être que l'homme un jour, fatigué de préparer, lier, d'expliquer, en viendra à n'écrire que de façon aphoristique. » Cela m'amuse d'autant plus que je tombe au même moment sur une déclaration du grand romancier portugais qui se qualifie lui-même de torrentiel, António Lobo Antunes : « Parfois, je me demande à quoi cela sert d'écrire 500 pages quand il y a des gens qui sont capables d'obtenir un résultat aussi émouvant en une seule phrase. » Faux. Jamais une phrase ne vaincra *Les Misérables*.

Du roman *Le Rouge et le Noir* la Renommée a extrait une phrase qui est la définition même du genre. L'auteur, craignant de passer pour indécent, interpelle son lecteur : « Eh monsieur, un roman est un miroir qui se promène sur une grande route. Tantôt il reflète à vos yeux l'azur des cieux tantôt la fange des bourbiers de la route. Et l'homme qui porte le miroir dans sa hotte sera par vous accusé d'être immoral ! Son miroir montre la fange, et vous accusez le miroir ! Accusez bien plutôt, etc. » Escamotant la hotte et l'homme qui la porte, la postérité a conservé l'image.

> Le roman est un miroir qui se promène sur une grande route.

La petite originale ne croit pas à la fidélité des miroirs. Comme elle n'a ni le temps de les promener ni le temps de s'y contempler, elle les fuit en les proclamant faux, tel le Narcisse de La Fontaine. Malcolm de Chazal en propose cette explication :

> Les miroirs sont faux parce qu'ils répètent ce qu'ils ne voient pas.

Jean Cocteau leur fait la leçon en jouant, à son habitude :

> Les miroirs feraient bien de réfléchir un peu avant de refléter.

Lichtenberg se confronte aux déformants :

> J'ai bien souvent remarqué que j'ai mal à la tête quand je me suis longtemps regardé dans un miroir concave.

Quelle drôle d'occupation, pour un homme laid, d'accentuer ainsi sa laideur ! À moins qu'il n'y cherche les lois de la déformation... Ramón del Valle-Inclán (qui était manchot) a fondé là-dessus une esthétique. Son esthétique de la déformation s'appelle *Esperpento*, sorte d'Épouvantail surgi des miroirs déformants de la rue du Chat : une ruelle madrilène où don Ramón à la barbe de bouc, en se promenant, allait se voir distordu. Quelle apparition ! Une Épiphanie ! Dans *Lumières de Bohème* (1924), il en dispose la théorie avec une négligence admirable, au détour d'un dialogue entre le poète Max Étoile, aveugle, et un petit vieux asthmatique à lunettes, don Latin !

MAX. – Les héros classiques reflétés dans des miroirs concaves donnent l'*Esperpento*. Le sentiment tragique de la vie espagnole ne peut se livrer qu'à travers une esthétique systématiquement déformée.
DON LATINO. – Miaou ! Tu es contaminé.
MAX. – L'Espagne est une déformation grotesque de la civilisation européenne.
DON LATINO. – Possible ! J'en suis tout inhibé.
MAX. – Les images les plus belles dans un miroir concave sont absurdes.
DON LATINO. – D'accord. Mais moi ça m'amuse de me regarder dans les miroirs de la rue du Chat.
MAX. – Moi aussi. Soumise à une mathématique parfaite, la déformation cesse d'être. Mon esthétique actuelle consiste à

transformer par la mathématique du miroir concave les normes classiques.

Les personnages de Valle-Inclán ne sont plus des caractères, comme à l'âge classique, mais des bouffées d'humeur esperpentique qui explosent dans la magie du Verbe et se dissipent. Entre le sujet et l'objet, comme des marionnettes, entre la note et le trait, ils ne repassent pas plus qu'ils ne se représentent. Bouffées innombrables de *Divines Paroles* ! Leur créateur adore, en fait, ces objets-sujets espagnols qu'il démantibule. L'Espagne a le génie formel des déformations. Mais là encore, attention ! La déformation n'est pas l'exagération qui interdit l'intensité.

Si le zigzag fut défini ligne brisée, l'aphorisme au XVIIe siècle fut défini par Francis Bacon phrase brisée, *a broken sentence.* Il lui paraissait s'opposer par sa concision à la méthode continue, à l'enchaînement des phrases. Plus près de nous, disons depuis Edison, les phrases célibataires ne rompent avec rien d'extérieur à elles, elles explosent ou implosent, fabriquant à l'intérieur d'elles-mêmes la fêlure. Lorsqu'elles en prennent à leur aise en s'étendant un peu, ce sont les signes de ponctuation qui les brisent. Un point par exemple. On a beau ne pas partager l'avis de Jules Renard que

> La prose doit être un vers qui ne va pas à la ligne

on ne peut nier que du langage poétique elle cherche l'imprévisibilité qui provoque l'effet de surprise.

Impossible d'achever un chapitre si bravement intitulé « Support Surface » sans évoquer l'espace dont jouit, sous le titre d'un livre ou d'un chapitre, la citation choisie pour exergue. Hommage, dédicace, paratonnerre ou parapluie, il donne aussitôt la direction à suivre. À vous maintenant de mesurer la portée de celui qui inaugure ce chapitre. Vous avez été eus par son insolence, sa désinvolture, le haussement d'épaules du point d'exclamation. Tant mieux. Comme ça vous n'aurez pas entendu gronder le découragement, s'assombrir l'espoir en la pensée, que dis-je, en cet éclat brisé d'elle qui luit dans une idée. Capter cet éclat au passage, le prendre au leurre d'une véronique où s'imprimera l'image aux dimensions exactes de l'idée, sauve Renard de l'envie dépressive de couler au fond de son lit – la petite forme du suicide étant d'aller se coucher quand on n'a pas sommeil. J'ai choisi cette phrase, qui allait toute seule sous une date, 1er décembre 1891, dans le *Journal* qu'il a tenu de l'âge de vingt-quatre ans jusqu'à sa mort à l'âge de quarante-six ans. Celui qui aurait voulu être un La Bruyère en style moderne a composé là une œuvre qui éclaire singulièrement son époque, son milieu, Paris et la campagne. On y trouve aussi de temps à autre ces réflexions brusques et solitaires qui en disent long sur son caractère – tel notre exergue.

Une phrase, parfois moins qu'une phrase, console celui qui la lance et afflige celui qui la reçoit, sauf à la relancer le plus vite possible. Ne vous en privez pas. Tiens, en voici une :

Ouvrir les serruriers

qui fera rire ceux qui croient posséder la clef des songes. Lorsqu'on sait que Lichtenberg fut un des premiers à recommander les rêves, le projet n'en acquiert que plus d'acuité. En voilà une qui laissera dard et plumes au creux de la main du Sigismond de Vienne !

L'esprit qui déshabille

La nuit passe… à l'ordre du jour.

Xavier Forneret

S'il ne la déshabille que du regard, il nous prive de l'essentiel. Mais si, dévêtue en un tournemain, il la couche par écrit, à la bonne heure ! Vite au but, droit au viol ! Dans les grands genres, on traîne, on effeuille, les nuances s'écoulent avec les pages jusqu'à épuisement du stock. C'est une tout autre affaire. Notre sujet nous limite à la façon la plus preste au monde qu'a l'esprit de déshabiller la langue, les formes, les femmes.

La femme est une forme comme une autre quand elle est objet. La femme-objet n'intéresse pas les moralistes véloces, mais quand ils font de l'objet-femme leur sujet, ils en profitent pour traiter tous les défauts du monde. Karl Kraus commence par douter de son existence :

> Y a-t-il une femme dans la pièce avant que n'entre quelqu'un qui la voit ? Existe-t-il la femme en soi ?

Il entre, donc j'existe ! À moins que, trop occupé avec *Le Flambeau* (de la Vérité), Karl Kraus ne me délègue en son lieu et place… un miroir. Encore !

> La femme en a besoin pour s'assurer de sa personnalité.
> La femme a besoin, en toute circonstance, du miroir.

Qu'ont-ils donc tous à s'occuper de mes besoins au lieu des leurs ?

> Les femmes sont les meilleures avec qui on parle le moins.

Eh oui ! Évidemment. Au lit ? Au lit, Karl Kraus !

Il y a une morale à tout. Les misogynes ne sont pas touchés par l'effet-Edison. Tant pis, tant mieux. Je préfère de loin ces tireurs d'élite électrisés qui bombardent les miroirs pour ne plus nous voir entières et nous mettent, comme une phrase de Jules Renard,

> En morceaux. En petits morceaux. En tout petits morceaux.

C'est bien plus amusant ! Car ne visant plus, comme les Anciens, le haut ou le tout, ils révèlent les parties de nous qui les obsèdent, les inconnues qui empêchent Robert ou Rose de dormir :

> L'acte des sexes est l'axe des sectes.

Que de formes se sont électrocutées à ce *x* ! Tandis que nous, tranquilles, nous disons dans la vie « oui » ou « non », le plus petit mot, une syllabe, pour autoriser, ou non, la conquête du plus petit territoire du monde. Quel foin du diable si la porte n'est pas ouverte ! Mais où classer ceux qui font un vice de ce qui fut vertu ? Voyez Jules :

> L'amour d'une vierge est aussi assommant qu'un appartement neuf. Il semble qu'on essuie les plâtres. Il est vrai qu'on n'a pas à redouter les germes maladifs, pestilentiels, d'un autre locataire.

Voyez Ramón :

> Parfois nous pensons avec horreur aux vierges. Pénétrer dans leur passion nous paraît aussi difficile et aussi embêtant que d'ouvrir une boîte de sardines, alors qu'il est si commode qu'elles nous arrivent déjà ouvertes, qu'on les ouvre dans la boutique.

Notez avec quelle complaisance ils ralentissent l'allure. Il leur faut plusieurs phrases maintenant qu'ils parlent d'eux-mêmes. Ils racontent. Malcolm de Chazal est plus expéditif :

Toute vierge a une verge dans la voix.

Enfin un peu de franchise, un peu d'obscénité. On dirait un lapsus.

Remontant à la Genèse des formes, je rappellerai que l'Éternel ayant créé l'interdit, le serpent l'ayant levé, le premier homme et la première femme mangèrent du fruit de l'arbre, comprirent qu'ils étaient nus et se couvrirent immédiatement. Parce qu'ils ne savaient pas avant qu'ils allaient nus. On a dû attendre Edison pour que Freud fasse toute la lumière sur la nature de l'interdit, celle du serpent, et la partie d'eux-mêmes qu'Adam et Ève couvrirent de feuilles de figuier. Et comme on nous a appris depuis des siècles à vivre et à parler vêtus, Freud éclaira le dessous pour que nous ne rougissions plus quand la langue nous reconduit à l'état originel. Quand nous commettons un lapsus et nous en excusons d'un « la langue m'a fourché », nous résumons vertigineusement une histoire qui remonte à la fourche du diable et jusqu'à la langue bifide du serpent.

À l'oral, la petite forme rêve quelque chose qui nous échappe, lapsus. L'esprit la rattrape-t-il ? Mot d'esprit, alors, ayant ses rapports avec l'inconscient. Dans son livre, Freud révèle l'interdit que lève le rire quand quelqu'un lâche une obscénité, la partie découverte de la personne de l'autre sexe à laquelle on s'adresse, le plaisir ou sourire qu'y prend l'agresseur. Voilà ce qu'il nomme « esprit qui déshabille ». En prenant au pied de la lettre cette expression, j'encours la défaveur d'Émile Littré qui, dans *Pathologie verbale ou Lésions de certains mots dans le cours de l'usage*, déplore que rien dans « habiller » (et, par conséquent, dans « déshabiller ») ne rappelle le vêtement ou l'action de vêtir (et, par conséquent, de dévêtir) : « Vêtement et vêtir sont les mots propres qui nous viennent du latin et que nous avons conservés, mais l'inclination qu'a le langage à détourner des vocables de leur sens primitif et à y infuser des particularités inattendues, s'est emparée d'habiller, qui, venant d'habile, signifie proprement rendre habile, disposer à. L'homme vêtu est plus habile, etc. »

Pour les besoins de ma cause je réconcilierai, sur la frontière franco-allemande, ces guérisseurs entêtés, Freud et Littré, en avançant que l'auteur bref est le plus habile homme du monde, le plus disposé, ou prédisposé, à mettre à nu ce qui l'entoure, fût-ce un pays entier. Baudelaire a bien déshabillé la Belgique ! Avant de poursuivre, un regret et un constat. Regret : peu de mains féminines sont aptes à cet exercice. Constat : l'esprit qui déshabille joue avec le sexe. Le domaine sexuel, qui est domaine public, est propriété privée de chaque langue. Je me vois donc, ici, contrainte à me priver de toutes les langues à l'exception de la mienne, la française.

Partant du trivial dans la vie civique, de ces actes qui exposent les contrevenants aux poursuites de la loi, nous parcourons les délits dont les formes rapides se rendent coupables : excès de vitesse, état d'ébriété sur la voie publique, non-respect d'un sens interdit, collisions, querelles qui tournent aux coups et blessures, vol avec effraction ou à main armée, attentat à la pudeur, attentat tout court, viol, crime... que sais-je ! En gros, les nouvelles jugées peu importantes (je ne parle pas du côté des parents de la jeune fille ou du défunt) par les journaux qui les publient dans la rubrique « Faits divers ». La rubrique des chiens écrasés, comme on dit dans le milieu, a toujours inspiré la littérature. Deux coups de pistolet tirés par le séminariste Berthet sur madame M. en l'église du village de Brangue (Isère) donnèrent le départ du *Rouge et le Noir*. Et le suicide à l'arsenic de Delphine Delamare née Couturier déclencha l'affaire Bovary. Mais n'est-ce pas l'inverse ? N'est-ce pas l'admiration que nous portons à ces romans qui nous fait étudier leur genèse et retrouver, à l'origine, le pur prétexte d'un fait divers ?

Tel que le traite Félix Fénéon dans ses *Nouvelles en trois lignes*, dépourvu de contexte, il est à peine un texte. On dirait une dépêche tombée nue du téléscripteur et qu'on s'empresse de nous livrer telle quelle. Pure illusion ! Tombée entre les mains du pire contempteur de la bêtise des objets, des hommes et de la société, la pauvre petite a subi les pires sévices. Par un horrible effet de manipulation, qu'elle annonce un suicide, une grève, une bagarre ou un accident, elle n'apitoie nullement, au contraire.

À Clichy, un élégant jeune homme s'est jeté sous un fiacre caoutchouté, puis, indemne, sous un camion, qui le broya.

*

Un cultivateur des environs de Meaux, Hipp. Deshayes, marié, père de quatre enfants, s'est pendu, on ne sait pourquoi.

*

Rattrapé par un tramway qui venait de le lancer à dix mètres, l'herboriste Jean Désille, de Vanves, a été coupé en deux.

*

200 résiniers de Mimizan (Landes) sont en grève. Trois brigades de gendarmes et 100 fantassins du 34e les observent.

*

Le 515 a écrasé, au passage à niveau de Monthéart (Sarthe), Mme Dutertre. Accident, croit-on, bien qu'elle fût très misérable.

L'armée, la police, la flotte, l'amour, la mort et… le journal qui en publie l'exploit (en l'occurrence *Le Matin*), nul n'en réchappe. La rapidité crée le non-sens plus explosif que le sens. Étourdie ou ignare, la machine tue du déjà mort. Le lecteur savoure le choc. Ces faits divers de la France du début du XXe siècle délivrent par exprès – pas le temps d'expliquer ! – une *Comédie humaine* qu'ils escamotent. Y résonne aussi un « C'est la faute de la fatalité » qui jouxte la bêtise. Fénéon a, comme Flaubert, une telle haine de la bêtise qu'il en fait non le dictionnaire mais la collection (de perles). Encore un qui ne s'est guère soucié de ses *Œuvres* ! Il eut heureusement un admirateur qui rassembla ses notes, notules, préfaces aux catalogues, petits portraits parus en revues éphémères – sans oublier les nouvelles du *Matin* – et présenta le tout de façon inoubliable. Cet admirateur s'appelait Jean Paulhan. Il fut son successeur en art bref et découvertes. Paulhan pense qu'en d'autres temps Fénéon eût écrit des fables, ou des maximes.

> L'amour. À Mirecourt, Colas, tisseur,
> logea une balle dans la tête de Mlle Fleckenger
> et se traita avec une rigueur pareille. *(Dép. part.)*

*

> À Oyonnax, Mlle Cottet, 18 ans,
> a vitriolé M. Besnard, 25 ans.
> L'amour, naturellement. *(Havas.)*

Félix Fénéon fut aussi cet « anarchiste » compromis dans le procès des Trente (1894) dont les réponses laconiques, aiguës, irréfutables, prouvèrent l'innocence.

LE PRÉSIDENT. – Votre concierge affirme que vous receviez des gens de mauvaise mine.
FÉLIX FÉNÉON. – Je ne reçois guère que des écrivains et des peintres.
LE PRÉSIDENT. – On a trouvé dans votre bureau des détonateurs, d'où venaient-ils ?
FÉLIX FÉNÉON. – Mon père les avait ramassés dans la rue.
LE PRÉSIDENT. – Comment expliquez-vous qu'on trouve des détonateurs dans la rue ?
FÉLIX FÉNÉON. – Le juge d'instruction m'a demandé pourquoi je ne les avais pas jetés par la fenêtre au lieu de les emporter au ministère. Vous voyez que l'on peut trouver des détonateurs dans la rue.

Un témoin à décharge, Stéphane Mallarmé, déposa que le suspect était « incapable d'user d'une autre arme que la littérature ».

La véritable bombe de Fénéon fut son silence. À l'embranchement du XIXe et du XXe siècle, un parfait écrivain évita d'écrire. Il ne s'y résolut que pour désigner ses contemporains de génie, et, à l'autre extrême, exposer crûment aux contemporains sans génie l'absurdité, voire l'obscénité, des « nouvelles » dont ils se repaissent.

M. Abel Bonnard, de Villeneuve-Saint-Georges, qui jouait au billard, s'est crevé l'œil gauche en tombant sur sa queue.

*

Courbée pour sulfater sa vigne, une Beaunoise a reçu dans les reins une balle de son beau-frère Gauthey, 60 ans pourtant. *(Havas.)*

En tête, la position : courbée. Enivrante au milieu des vignes. C'est la position qui, désignant le lieu d'ivresse interdit, appelle le crime. En fait de crime, la Beaunoise l'a échappé belle : inceste, sodomie... Le fusil décharge en place et lieu du beau-frère. Et toute cette histoire c'est la post-position de l'adverbe « pourtant » qui la fabrique. Ici, plus que la réalité, c'est l'art qui est obscène.

Quand l'artiste dépeint le préposé à la rubrique plus ignare, ou prétentieux, que son téléscripteur, les « suicide, accident ou crime » (quel quatrième terme possible à une mort prématurée ?), les « on ne sait pourquoi », « une folle », « des fous, paraît-il » abondent. Je les sers en hommage aux longues fictions qui explorent justement les « paraît-il » et les « on ne sait pourquoi » du fait divers.

Le journaliste bien informé. – Vous qui passez le temps à habiller de fiction votre langue, pourquoi prisez-vous cette mise à nu d'elle que font ses célibataires, les veufs de sa belle chair, les épris de ses os, les amants du squelette ? En un mot, pourquoi préférez-vous, ce soir, une phrase de Duchamp au roman de Morand qu'elle pourfend ?

Ovaire la nuit à *Ouvert la nuit* ?

L'auteur. – Intelligent lecteur, merci ! Je passe sur-le-champ aux aveux. De même que certains, dans la profession, ont chassé les papillons, on pourrait croire que je zigzague entre les formes brèves pour le plaisir, pour rien. À cause de l'épithète plutôt que du nom. Alors que…

Entretien heureusement interrompu par l'entrée de Rrose Sélavy. Superbe ! Rasée de près, poudrée, l'aile d'un chapeau cloche obombrant son bel œil déjà assombri de khôl, étreignant frileusement de ses mains couvertes de bagues un col de fourrure qui remonte jusqu'à ses lèvres peintes, en noir et blanc, photographiée par Man Ray. – Qui est cette dame ? – Un catholique voulant changer d'identité, dont la « première idée » avait été de prendre un nom juif, et qui en changea, car il lui vint tout à coup une autre idée : changer de sexe. Sous un nom appelé à devenir, par la plus rayonnante des paronymies,

ÉROS C'EST LA VIE

Marcel Duchamp commence par violer la langue en ses parties les plus intimes, celles qui jouxtent la langue étrangère.

Oh ! do shit again !...
Oh ! douche it again !...

À cette douche écossaise on se doit de préférer la toute française

Question d'hygiène intime :
Faut-il mettre la moelle de l'épée dans le poil de l'aimée ?

Avec Duchamp ou avec Rrose « les mots ont fini de jouer, les mots font l'amour », dit Breton, pudibond. Ils copulent, oui, et à l'air libre. Ils ne pensent plus même qu'à ça. Rrose a une façon de branler les clichés, d'enfiler les stéréotypes par-devant et par-derrière, d'arroser, par *temps blennorragieux*, les *morceaux moisis* de la langue, dictons et proverbes ayant trop couru les rues, qui fait perdre contenance aux expressions figurées et bander les locutions.

À charge de revanche ; à verge de rechange.

Elle va jusqu'à faire jouer ou jouir – à une lettre près – la grammaire… en allant du singulier au pluriel,

Un mot de reine, des maux de reins

du masculin au féminin,

Opalin ; ô ma laine.
Avoir de l'haleine en dessous

créant des règles où le verbe décide de s'accorder avec le sujet consonamment, par exemple :

> Le nègre aigrit, les négresses s'aigrissent ou maigrissent.
> Mâcheur Fran[cfort sau]cisse Pisqu[c quand elles]habilla.

Les lettres ou les syllabes interverties par contrepets réalisent des inversions dont seuls nos rêves nous croyaient capables :

> Rrose Sélavy trouve qu'un incesticide doit coucher avec sa mère avant de la tuer ; les punaises sont de rigueur.

De son côté, Marcel Duchamp, exposant un sein de femme en caoutchouc avec la mention « Prière de toucher », et une pissotière renversée sous le nom de « Fontaine », foutait l'*objet dard* en l'air, puis se retirait, tel Fénéon, dans le silence.

Le transformateur-Duchamp n'oppose plus l'esprit de géométrie et l'esprit de finesse, n'a plus rien à faire de la vieille opposition. Il lui importe, en revanche, de faire passer l'esprit qui déshabillait dans le noir au jour électrique d'Edison. De faire passer la nuit aux ordres du jour.

Lésions et cures

Glossolalie : la glotte y sonne un hallali.

Michel Leiris

Quand les mots deviennent des ombres, ne faisant plus lever en nous le sens ou l'émotion, alors s'inverse l'impératif dada : « Lâchez la proie pour l'ombre ! » Il faut courir sus à ces revenants, leur redonner chair, saveur et son, par des procédés magiques. À la façon d'Alphonse Allais :

> Je ne sais pas si vous êtes comme moi, mais j'adore l'Angleterre. Je lâcherais tout, même la proie, pour Londres.

La cure, par excellence, est le jeu. Les guérisseurs de mots commencent par les séparer de la famille, par délivrer le patient de ses liens de parenté étymologiques en lui en inventant d'autres, phonétiques, graphiques, voire mythologiques. Desnos :

Prométhée moi l'amour.

Ils distraient le malade, l'attablent au puzzle de soi où se recomposer différent, inédit, lavé d'« une nymphe amie d'enfance » (Duchamp), ou bien le conduisent au bain d'un canal où se déplier, façon Leiris, en fleur japonaise :

Aveu : je veux qu'il me lave.

Ainsi Rrose Sélavy, un peu rosse chez Duchamp, menée aux thermes par Desnos, s'épanouit-elle miséricordieusement en

Éros c'est la vie.

L'amie de Rose et de toutes les roses, Gertrude Stein, pratique, elle, un type de cure chamanique. Elle caresse les noms communs jusqu'à ce qu'ils deviennent des noms propres, transforme les noms grammaticaux en verbes et les verbes en noms, reconduit les noms propres aux communs *and so on.* Nous assistons à une suite de métamorphoses qui se résume ainsi :

Rose is a rose
A rose is a rose
A rose is arose
Rose is arose is arose is arose
A rose is a rose is a rose.

Cet ultime état est le bon puisqu'il est devenu le portrait de l'artiste. Aussi fameux que celui peint par Picasso. Beaucoup ne connaissent même d'elle que cette phrase qui est l'emblème de son style. Elle en fit l'en-tête de son papier à lettres tandis que sa compagne Alice le brodait sur leur linge de maison. Linge, papier. Cette phrase dissimule ou révèle une histoire intime dont elle est le chiffre. Car,

If Rose was her name was rose her nature ?

De même que la rose d'une maxime spirituelle d'Angelus Silesius :

> La rose est sans pourquoi, fleurit parce qu'elle fleurit
> N'a le souci d'elle-même, ne désire être vue

peut être longuement glosée, de même la devise de Stein. Dans ces sentences mystérieusement infinies le front poésie-prose se confond. Je me demande si ce n'est pas à cause de la fortune du mot rose, riche et léger, magique en soi, sans ombre, *rose déclic* éternel qui échappe à la maladie du temps car il est le démenti de l'hiver. Dans l'élite des mots, la fleur élue, l'exception qui confirme la règle : que les communs sont mortels.

Depuis quand les mots sont-ils mortels et faut-il les envoyer dans les établissements brefs en cure pour qu'ils remettent en vie les phrases qui, à leur tour, vont nous guérir ? À en croire Cioran, depuis que la littérature existe.

> Prolixe par essence, la littérature vit de la pléthore des vocables, du cancer du mot.

Est-ce pourquoi le *marchand du sel* la stérilise en *lits et ratures* ? Non, on ne peut guère accuser les auteurs véloces d'être cancérigènes ! D'abord ils ont été d'excellents pédagogues, ils ont fait l'éducation du mot ! Occupés à choisir le mot juste qui fortifie la pensée saine, les sentencieux le cueillaient, dans un premier temps, au plus près du sens originel, qui ne se trouvait pas loin quand le latin, notre père, n'était pas encore aux cieux langue morte. Brèves ou petites, je répète ou j'insiste, les formes ont des rapports avec le dictionnaire. La liaison des Anciennes est légitime, celle des Modernes illégitime, d'où leurs libertés.

La Rochefoucauld, on l'a vu, conçoit et fixe son ouvrage à l'époque où la lexicographie française fait ses débuts avec ces répertoires monolingues que sont le *Dictionnaire des mots et des choses*, celui de l'*Académie* et l'*Universel* de Furetière. Si bien qu'on a pu comparer, par analogie, les définitions du discours lexicographique avec les maximes en forme de définition. Au siècle suivant Chamfort, qui participa à la rédaction du *Grand Vocabulaire français*, affûte souvent sa pensée à l'aide d'un distinguo d'ordre terminologique :

> Il est plus facile de légaliser certaines choses que de les légitimer.

Je me souviens avoir écrit cette phrase à la craie sur le tableau de ma classe de licence, à Censier, l'année où je faisais cours sur « l'art bref ». Pour combattre la non-envie de lire de certains, j'avais précisé que ce cours ne comportait aucun programme de lecture. L'affluence fut nombreuse. J'écrivais une phrase au tableau, maxime, pensée, proverbe, on la commentait longuement, puis je l'effaçais et en écrivais une autre, du même auteur ou d'un point de vue adverse. Rares furent les étudiants qui en restèrent là et ne continuèrent pas la route, qui avec La Rochefoucauld, qui avec La Fontaine, qui avec Jules Renard. En décembre 1986, au retour d'une énorme manifestation contre la loi Devaquet, où ils avaient scandé « Devaquet au piquet », ils eurent la surprise de découvrir au tableau l'actualité de cette phrase de Chamfort.

Le slogan mériterait qu'on s'y arrête. Mais, allant droit au but, il ne zigzague pas.

Quand l'art, ou la réalité, change, le lexique se met à valser. La moitié des mots que Paul Adam juge utile d'expliquer dans son *Petit Glossaire pour servir à l'intelligence des auteurs décadents et symbolistes* vient de Fénéon et servit à révéler de Cézanne à Mallarmé ! Qu'on se le dise : ce n'étaient pas les auteurs les décadents, mais les bourgeois. Entre le *Petit Glossaire* d'Adam et le *Glossaire* de Leiris, les mots s'électrisent et, en 1906, adoptent un signal international de détresse lumineux :

••• – – – •••

Save **O**ur **S**ouls crient les mots. *Our sailors* courageux s'élancent, mi-éveillés, mi-endormis, sur la surréelle *Mare Tenebrosum*. Quand l'Hérisson tient la barre, les appels sonores donnent des « formules éclairs » inspirées du style publicitaire, voyez *Langage Tangage*. Éclairs qui illuminent, par le non-sens, le sens. En effet, tournant le dos aux rivages pollués par l'usage – ce que les mots *nous* disent –, Michel Leiris se lance vers les Indes – ce que les mots *me* disent. Refaisant étonnamment le chemin de Christophe Colomb, il longe l'Afrique « à affres épiques », pique droit sur les « titillantes » Antilles, et pose enfin le pied sur la terre ferme, « Amériques homériques », en deux voyages, deux glossaires, *J'y serre mes gloses* (1938) et *Souple Mantique et simples tics de glotte* (1985).

De son observatoire, Lichtenberg avait vu venir les symptômes : « C'est une honte que nos mots soient des outils dont on a fait jadis mauvais usage. » Mots éclopés, rengaines usées, expressions éculées, images décaties : sclérose de l'esprit ! C'est pourquoi il suggère aux « trembleurs de la poésie » de chercher plutôt à voir ce que personne n'a vu et à faire du nouveau pour voir du nouveau ! Ce riche fournisseur a dans ses *Cahiers* autant de suggestions romanesques que James dans ses *Carnets*. J'en profite pour le remercier, au passage, de celle-ci :

> On pourrait utiliser la faculté de parler dans les rêves pour contribuer au développement d'un point quelconque dans un roman

dont j'ai fait usage. Mais je ne me suis pas encore procuré ce dictionnaire de chasse qu'il prescrit également. L'important, ici et maintenant, c'est le point de mire. Lichtenberg ne contrefait pas l'étonné devant cette très ancienne cible, le langage. La différence est que, visant la langue en soi, il s'étonne à la façon des enfants, en jouant. Il prend plaisir à enfiler les sons par associations comme autant de perles pures de sens :

> Polizei, Polzei, Plotzei, Platzei, Platzerei, Plackei, Plackerei

à réunir des peuples par la seule barbarie des syllabes :

> Kalmouks, Cosaques, Heydamaka, Karakalpacko, Mainottes et Mungales

à regarder fixement une expression métaphorique jusqu'à ce que les pieds de la table se mettent à marcher et que s'envolent les ailes du nez. Prendre au pied de la lettre une expression métaphorique est une façon de la ressusciter. Voyez la mise en scène imaginée par Alphonse Allais :

> Une pâleur livide venait d'envahir ses traits.
> – Quoi ?... Qu'avez-vous mon pauvre ami ?
> – Oh ! rien. Tous les soirs, à ce moment, je suis pris d'une angoisse terrible.
> – À propos de quoi ?
> – C'est l'heure où la nuit tombe, et j'ai toujours si peur qu'elle ne se casse quelque chose !... Pauvre nuit !

Son ami Renard raconte la même en accélérant :

> Un mot d'Allais : la nuit tombait. Je me penchai pour la ramasser.

Du « dialogue » ou du « mot », lequel préférez-vous ? Peu m'importe si la nuit est redevenue un instant fragile, donc vivante. Jusqu'aux lettres de l'alphabet paraissent vivantes aux hommes de peu de mots. Témoin cet individu qui, ayant reçu un soufflet, pense que tous les mots commençant par S soufflettent. « Sublime par exemple », souligne drôlement le rapporteur, notre ami le physicien allemand. Avis aux amateurs de sublime ! Dans le *Dictionnaire philosophique* de Voltaire, c'est la lettre A la plus agressive. Voici les mots qu'elle enrôle pour « écraser l'infâme » en 1765 : Abbé. Abraham. Adam. Âme. Amitié. Amour. Amour nommé socratique.

Amour-propre. Ange. Anthropophage. Antitrinitaire. Apis. Apocalypse. Arien. Athée. Athéisme…

Au regard de Gómez de la Serna les lettres ont un corps :

> Le l semble allonger un coup de pied à la lettre qui suit.
> Le w est un m qui fait la planche.

Aujourd'hui l'heure américaine nous bourre de lettres prétendument miraculeuses, vitamines A B C D E…, accompagnées de chiffres (B1 à B12). Hier Lichtenberg leur attribuait un sexe : « lettres mâles et femelles ». Plutôt guérir aux lettres sexuées qu'aux lettres chiffrées ! Faites donc l'économie de la castration en mortifiant les mots :

> Châtrez « désopilant » et vous avez « désolant »

propose Renard. On lui doit cette anecdote : « Il recouvrit la raison », écrivait Marcel L'Heureux dans un de ses contes. – Il doit y avoir une faute d'orthographe, dit Fénéon. C'est la maison qu'il voulait dire... Pince-sans-rire, Fénéon transforme la faute grossière du malheureux en faute d'orthographe, voire de typographe. Baudelaire n'a pas ce flegme. À Bruxelles, écorché vif par les flandrinismes et les wallonismes, il en dresse des catalogues vengeurs. Mais à quoi donc Baudelaire ne s'écorche-t-il pas ! La Belgique porte ici le chapeau du genre humain. Culs (nus de Jordaens) et locutions (belges) confondus, voici les Flamandes et les Brabançonnes aussi malpropres que leurs impropriétés de langage. « Pisseries et chieries des dames belges. » Le jet « Pisseur » et le « Vomisseur » (le *Manneken-Pis* et *Le Cracheur*, fontaines plutôt drôles) deviennent aussi de lugubres symboles. Baudelaire aurait sans doute placé sous la rubrique *sel gaulois*, qu'il exècre, nombre de plaisanteries du *marchand du sel.* Question de goût. L'auteur de *La Belgique déshabillée* préférerait, dans le beau monde, qu'un jeune homme dise d'une fille « Elle m'a poivré » que parler de « maladie confidentielle ». Un autre que lui s'amuserait de cette « locution belge : hopitalmie », en qualifiant la contagion entre hôpital et ophtalmie de… mot-valise. Évidemment pas lui ! Aujourd'hui, il suffit d'ouvrir son journal, son poste ou sa propre bouche pour constater que les saletés belges qu'il dénonçait sont devenues bien françaises : se rappeler de, venir avec, etc. Tout dernièrement encore, Untel n'est-il pas mort de « maladie confidentielle » ?

Les mots gagnent à aller faire un tour aux thermes étrangers. Voyez notre *humeur* vagabonde : voyageant en Angleterre, elle s'y est transformée en *humour* et nous est revenue spirituelle. Humour non seulement libérateur mais sublime, selon Freud, parce qu'il tiendrait à l'invulnérabilité du moi. Je crois plus volontiers Chris Marker :

> L'humour est la politesse du désespoir.

On oublie, quand l'écrivain s'en prend, avec humeur ou humour, aux mots malades, qu'ils sont partie prenante du sujet – qui dégaine donc aussi contre soi. Avec plus ou moins de réussite, les écrivains pressés font semblant de garder le moi au fourreau. Mais l'épée use le fourreau, dit un proverbe, comme le couteau la gaine et l'esprit le corps. Alors ce ne sont plus les mots qu'il faut soigner, mais l'esprit. Dès le possessif de *Mon cœur mis à nu*, dès la première phrase :

> De la vaporisation et de la centralisation du Moi. Tout est là

Baudelaire sublime la raison et de son mal et de son absence d'humour. Il pousse au noir, broie du noir, peint en noir, parce que son humeur est noire. La langue a mémorisé l'ancienne théorie des humeurs sur une palette dont nous nous servons toujours : voir rouge, en rester bleu, entrer dans une colère blanche, ou bleue, ou noire selon le tempérament. Gens qui pleurent et gens qui rient ne sont pas de la même couleur.

Au duc qui affirmait :

> La fortune et l'humeur gouvernent le monde

et

> Il y a plus de défauts dans l'humeur que dans l'esprit

l'auteur de *L'Écornifleur* répondait quelque deux cent vingt-cinq ans après :

> Certes, il y a de bons et de mauvais moments, mais notre humeur change plus que notre fortune.

Ceux dont l'art consiste à saisir le mot et la chose au vol, ou si vous préférez à les lancer en l'air pour tirer dessus, sont des hommes comme les autres, c'est-à-dire sujets à des sautes d'humeur. D'où vient alors cette impression que, tels ces chasseurs qui retournent toujours à la même hutte pour tirer le gibier d'eau qui passe, chacun est posté au même pôle de son humeur et tire toujours du même endroit ? La discontinuité formelle – qui nous interdit de les suivre dans le cours ordinaire, donc fluctuant, de leurs pensées – autoriserait-elle l'apparition d'un seul trait… de caractère ? Celui de Chamfort, par exemple :

> Un homme d'esprit est perdu s'il ne joint pas à l'esprit l'énergie de caractère. Quand on a la lanterne de Diogène, il faut avoir son bâton.

Disparues ou escamotées les inégalités d'humeur, apparaît le style. Style flegmatique de Fénéon, mélancolique de Baudelaire, bilieux de Cioran, sanguin de… Celui qui m'échappe fut heureux ! La condensation contraint à se manifester. « Donner du style à son caractère », réclamait Nietzsche. Les brèves des temps modernes ne font que ça en court-circuitant les termes. Pour produire un effet. Finalement, seul compte l'effet. Mais si pour soigner elles utilisent, jour et nuit, toutes les thérapies possibles, de la piqûre au bain, du divan à l'électrochoc, pour nous guérir elles doivent encore nous éblouir.

Une blanche, une noire

La nuit sera blanche et noire.

Gérard de Nerval

La chose arriva au bord du lac de Gmunden, en Autriche, à la fin de l'été 1894. Deux petites filles en larmes, Augustine et Alice, se séparent de leur compagnon de vacances qui pleure aussi. Elles ont respectivement neuf et onze ans, lui en a trente-cinq. La nuit qui suit leur départ, « Neuf et onze ans », la première esquisse de son premier livre, voit le jour : ainsi commence la vie d'écrivain de Peter Altenberg.

> Je voudrais représenter un être humain en une phrase, un événement de l'âme en une page, un paysage en un mot !

Le moraliste Joseph Joubert partageait cette ambition :

> Toujours tourmenté par l'ambition de résumer un livre en une page, une page en une phrase, une phrase en un mot. Tel suis-je.

Dans son « autobiographie » (qui compte bien cinq pages), l'auteur des *Esquisses viennoises* remercie avec effusion son père de lui avoir donné la liberté. Ce cadeau divin lui a permis d'être étudiant sans étudier, amant sans épouser, poète sans poésies… jusqu'au moment où il sait comment retenir ce qu'apporte le jour :

> Tu épaules, artiste, tu vises et fais mouche ! C'est tout.

Le père de l'artiste ne comprit rien à cette esthétique. Son dieu étant Victor Hugo, il ne put s'empêcher d'établir des comparaisons : « Toi, ça n'est pas sitôt commencé que c'est déjà fini ! » Mais le vieil homme se consolait en rendant visite aux belles jeunes filles amies de son fils auxquelles il offrait des carrés de soie. De son côté Altenberg, assis seul à une table de café, millionnaire,

> L'œil, l'œil, cette richesse de Rothschild que possède l'être humain !

suit du regard un pas de femme qui s'éloigne et, sur le marbre, la retient en ce style dont il est l'inventeur : le « style télégraphique de l'âme ».

La chose arriva au premier étage droite du 11, callc de la Puebla, Madrid, par un après-midi sceptique et étouffant du mois de juin 1910. Ramón Gómez de la Serna passait compulsivement de l'intérieur au balcon et *vice versa*. Sur la table, des ciseaux grands ouverts, comme le bec des pélicans par jour de canicule, empêchaient une idée de naître. Il les referma. Sur un ultime appel du balcon il se releva, se cogna au divan,

Un divan est un lit qui n'a ni pieds ni tête

et ce qui flottait dans son être entre les rives de l'Arno, du côté de Florence, une perturbation des rives, entre ciel et terre, jaillit de son chapeau cérébral sous forme d'un mot. Il venait d'inventer un genre ! Il courut au dictionnaire pour voir ce que c'était et lut :

greguería – brouhaha, vacarme de voix confuses, cri des petits cochons qui suivent leur mère…
– Fatales exclamations des choses ! s'écria-t-il. Fatales exclamations des choses et de l'âme qui se cognent par hasard ! Notre âme est faite de *criailleries*. [C'est Valery Larbaud qui a finalement opté pour cette traduction.] Ce

que crient les êtres confusément du fond de leur inconscience, ce que crient les choses... voilà les *greguerías*. Je viens de baptiser un genre d'un mot qui s'était perdu dans le dictionnaire et qui, sans moi, eût été nom de rien !

Ramón (puisqu'à Madrid on disait ainsi, comme pour un roi) ne s'amuse jamais autant que lorsqu'il définit son invention : grelot d'argent, haïku en prose, métaphore optimiste, fleur de l'air, ou qui s'épanouit dans l'eau façon fleur japonaise, nuance (d'un pluriel, d'une virgule, d'un diminutif), médaille offerte, au passage, par un arbre, clou sur un mur qu'on regarde fixement, goutte des siècles qui traverse son crâne...

Être en état de *greguería*, c'est recevoir un jour bleu comme un télégramme, suivre une nuit aux bas de soie noire, tuer sa tante en lançant une boulette de mie de pain de l'autre côté de la table, oublier le respect qu'on doit :

> Ce qu'il y a de mieux dans le théâtre de Lope, c'est l'absence de téléphone.

Un genre pour bancs publics, parapets de pont, tables de café – encore ! – qui se définit aussi bien par ce qu'il n'est pas. Ni maxime,

> La Rochefoucauld, mon plus grave ennemi, mon anticorps, mon antithèse transcendantale

ni aphorisme (trop impérieux), ni adage (trop sérieux), ni réflexion (cette boule de neige des enfants méchants qui mettent une pierre dedans), ni phrase célèbre (bien qu'elle soit tentée de le devenir !), ni lapidaire (elle ne sort de dessous aucune pierre tombale), ni ni ni. Que crient donc les choses ? D'autres sons, d'autres sens. Un vœu, une image, une phrase jamais vue, jamais dite, qui ressemble à ce que Stein dit que doit être une phrase : une sorte d'axiome, un titre, un tout, une évidence, un entre deux points qui ne se pense pas mais se dit comme en bouche : *Doctor Faustus Lights the Ligths.* Ça vous allume et ça s'éteint. Ramón change l'ampoule et va à la ligne. Son éthique – n'être que début et fin – consiste à appliquer, en prose, cette leçon d'esthétique :

> Le premier qui a dit que les larmes étaient des perles fut un génie, le dernier un idiot.

Être le premier qui a dit… N'est-ce pas le souci de primauté, l'excellence selon Gracián ? L'art du génie est mort ! Vive le génie de l'art !

Les *greguerías* sont joyeuses, joueuses, optimistes, incongrues, péremptoires, triviales aussi car, pour l'auteur du *Docteur invraisemblable*, affirmer la part triviale en l'homme est la meilleure façon de lutter contre sa déloyauté et son fanatisme.

Elles voyagèrent. L'Argentin Oliverio Girondo les rebaptisa *Membretes* (*En-têtes*) et *Granizada* (*Grêle*) le Vénézuélien José Antonio Ramos Sucre. Comme d'autres auteurs de ce genre plutôt masculin, Sucre encourut le reproche de misogynie. Il s'en défendit, protestant qu'il était le frère de toutes les femmes et que les aphorismes n'étaient que des coups de feu tirés en l'air.

Los aforismos son disparos al aire.

L'auteur de *La Tête en l'air* encourut le même reproche. Je crois même me souvenir que c'est une des raisons que les éditions Gallimard avancèrent pour ne pas publier son livre – qui parut aux éditions du Rocher.

La chose arriva à un Irlandais à Paris, lors de son premier séjour, dans un panier présenté par le Docteur angélique. Voilà qu'une fois appréhendé comme chose – *integritas* –, identifié comme objet, résultat et somme de ses parties – *consonantia* –, le panier se mit à rayonner – *claritas* ! Son âme se dégagea mystérieusement d'un bond et se manifesta. L'épiphanie du panier enchanta le cœur de Stephen le Héros et James Joyce se mit à guetter ces moments où la réalité de la chose vous envahit comme une révélation. Ce pouvait être l'âme de l'objet le plus commun aussi bien qu'une manifestation de langage, une parole vulgaire, un geste trivial, peu importe pourvu qu'il y eût détonation. Étonnons-nous avec Stephen Dedalus que l'essence se manifeste indistinctement « par la vulgarité de la parole ou du geste ou bien par quelque phrase mémorable de l'esprit même ». Joyce notait l'apparition au vol sur un de ses carnets ou sur papier vert de forme ovale.

SKEFFINGTON. – J'ai été navré d'apprendre la mort de votre frère… navré de l'apprendre trop tard… pour assister aux obsèques…
JOYCE. – Oh, il était très jeune… un enfant…
SKEFFINGTON. – N'empêche… cela fait mal…

Ses familiers se plaignaient, paraît-il, de lui servir toute l'année de galette des Rois pour qu'il puisse tomber sur la fève ! Les joyciens repèrent les *Épiphanies* tout au long de la longue œuvre, tant il est vrai qu'un écrivain est fait de cette criaillerie unique qu'on entend dans ses livres et que d'autres appellent sa voix.

La chose arriva à l'île Maurice, en 1945, au jardin botanique de Curepipe, entre un promeneur et un bosquet d'azalées : « Quand je vis une fleur d'azalée me regarder, un pont s'établit entre moi et l'univers. Je devins fleur tout en restant moi-même. » Le promeneur, au demeurant fonctionnaire des PTT, avait déjà publié chez un éditeur de l'île quelques recueils de *Pensées* définies comme autant de lièvres fuyants qu'il avait attrapés, tour à tour « axiome, demi-vérité, trait satirique ou syllogisme philosophique », tel que

> Les fous et les sages se partagent le monde.
> Aux demi-fous le ridicule et l'outrage.

Une fois devenu fleur au jardin de Curepipe, Malcolm de Chazal, qui est du côté des fous – de génie selon Paulhan –, décide de s'introduire dans les cinq forteresses inviolables : vue, ouïe, odorat, goût, toucher, et, découvrant les passages souterrains qui les relient, de nous introduire, corps et âme, dans le visible et l'invisible du monde. Sa « révolution », comme il la nomme, consiste à libérer la sensibilité, à lui donner une « place originelle de vigie, d'éclaireuse, de troupe de choc, de détonateur et d'explosif ». Il plastique la raison, désenchaîne l'homme du fini. *Sens plastique* est une ouverture sans fin du visage, du corps, aux couleurs et à la volupté. Ces « éclairs de la pensée intuitive » (qui évoquent plutôt le cyclone et la trombe) sont enregistrés par la machine Chazal, l'œil (du cyclone !) et tous les sens qui sont plus nombreux que n'en comptent les sages.

> L'œil photographie en état d'indifférence, et cinématographie dans l'intérêt. L'âme, pour sa part, télévise à distance ; et le cœur, dans l'amour, télégraphie de la peau.

Instantanés pas forcément beaux ! Tout comme l'Espagnol et l'Irlandais, le Français ne craint pas le laid ni de manquer de goût (du « bon », pas de l'autre, ses poches bourrées de bonbons l'attestent).

Dans *Sens magique*, mon préféré, c'est comme dans le sonnet « Sois sage, ô ma douleur » : la présence d'images pédestres aide au décollage de la Beauté.

Midi.
La lumière
Prend
Sa leçon
D'équitation.

La nuit
N'a pas
De dortoir
Elle couche partout.

Les bouches
Dures
Aiment
Les chapeaux
Mous.

La forme
Est
Le changement
de vitesse
Des couleurs.

La chose arrive à la vitesse de la lumière, et pas seulement à ceux qui la court-circuitent en étoile ou en fusée mais à nous qui la recevons. Nous ressemblons alors, une seconde, à ces pelotaris bondissants qui rattrapent la pelote au vol dans le petit panier de la main, ou de la chistera. La balle n'a ricoché que pour venir, un instant, loger là, dans le creux de votre main... Quelle partie !

Entre le bleu et le feu du ciel j'évoquerai, pour finir, une fois blanche et une fois noire.

La joyeuse, un matin, à la Bibliothèque nationale, où j'étudiais l'art de la composition des jardins. Cela peut paraître incongru d'étudier les jardins en bibliothèque mais j'avais en vue la composition d'une forme longue, et puis, être déplacée n'est pas étranger à ce type d'aventure. Bref, au moment où je m'y attendais le moins, le prince de Ligne tomba entre mes bras ! Homme pressé, ayant juste le temps de noter, entre deux batailles ou deux ambassades, quelques petites considérations sur ce qu'il préférait au monde : les jardins de sa propriété de Belœil près de Bruxelles, ce prince inventa le genre du « coup d'œil ». *Coup d'œil sur Belœil* me révéla qu'un jardin (un roman) nous survit, s'il ne nous précède. Et que dans cet art rien ne sert de courir. Le seul endroit d'où celui qui crée un jardin (un roman) peut voir la cime des arbres qu'il a plantés et l'ombre maximale de leur frondaison est le haut du ciel.

La tragique, un soir de novembre 1983, vers dix-neuf heures, traversa mon immeuble comme la foudre. Nous étions, Pierre Étaix, Pierre Lartigue, Rafaël Llopis Bravo, Saúl Yurkievich, un groupe d'amis de Ramón, réunis chez moi – quand j'habitais au 58 rue Monsieur-le-Prince – au troisième étage sur cour, en train de répéter une façon d'hommage que nous lui rendions, le soir même, au Centre Pompidou. Comme nous nous interrogions sur l'ordre des *greguerías* à dire, il apparut à l'évidence que la toute dernière devait être celle du porte-plume qui se suicide :

> Oh ! notre porte-plume vient de tomber ! Nous regardons avec une consternation profonde l'abîme du parquet, car nous savons

tout ce que cette chute signifie d'irréparable... La plume s'est suicidée, cela n'est pas douteux, elle s'est suicidée : car le porte-plume tombe toujours sur la pointe, sur la tête, comme les hommes quand ils se jettent par la fenêtre.

C'était l'heure. Enfilant nos manteaux, nous avons descendu l'escalier, ouvert la porte et devant nous, en bas des marches du perron, la cour était devenue l'abîme. Une vieille dame venait de se jeter par la fenêtre du quatrième.

Je salue nos vies brèves et l'inconnue qui leur survit.

Citations et emprunts

Alphonse Allais, *Œuvres anthumes et posthumes*, éd. François Caradec et Pascal Pia, La Table Ronde.

Peter Altenberg, *Esquisses viennoises*, Pandora ; et *Nouvelles Esquisses viennoises*, trad. par Miguel Couffon, Actes Sud.

Charles Baudelaire, *Projets de préfaces pour Les Fleurs du mal. Fusées. Mon cœur mis à nu. La Belgique déshabillée*, in *Œuvres complètes*, éd. Claude Pichois, t. I, Gallimard, « Bibliothèque de la Pléiade ».

José Bergamín, *Caballito del Diablo* (L'Étoile et la fusée – La Tête en l'air), Losada ; *Disparate de Disparates* ou « La déraison dans la littérature espagnole », trad. par

Jacqueline Cartier, in *Les Nouvelles Lettres*, nº 4, 1938.

Adolfo Bioy Casares, *Guirnalda con amores*, Emecé editores, Buenos Aires.

Chamfort, *Maximes et pensées. Caractères et anecdotes*, éd. Geneviève Renaux, Gallimard, « Folio ».

René Char, « La bibliothèque est en feu », in *Les Matinaux*, Gallimard, « Poésie » ; *En trente-trois morceaux*, G.L.M.

Malcolm de Chazal, *Sens plastique*, préf. de Jean Paulhan, Gallimard, « L'Imaginaire » ; *Sens magique*, Tananarive ; *La Vie derrière les choses*, préf. d'Olivier Poivre d'Arvor, La Différence ; *Ma révolution*, Le temps qu'il fait.

Cioran, *Syllogismes de l'amertume*, Gallimard, « Idées » ; entretien, in *Le Magazine littéraire*, nº 204, février 1984.

Jean Cocteau, *Le Sang d'un poète*, film, 1932.

Robert Desnos, *Corps et biens*, Gallimard, « Poésie ».

Marcel Duchamp, *Duchamp du signe*, éd. Michel Sanouillet, Flammarion.

Paul Éluard-Benjamin Péret, *152 proverbes mis au goût du jour*, in Paul Éluard, *Œuvres complètes*, t. I, Gallimard, « Bibliothèque de la Pléiade ».

Félix Fénéon, *Œuvres*, intr. de Jean Paulhan, Gallimard.

Xavier Forneret, *Sans titre*, Arcanes.

Sigmund Freud, *Le Mot d'esprit et ses rapports avec l'inconscient*, Gallimard, « Idées ».

Ramón Gómez de la Serna, *Total de Greguerías*, Aguilar ; *Échantillons*, trad. par Valery Larbaud et Mathilde Pomès, Grasset, « Les Cahiers verts ».

Baltasar Gracián, *L'Homme de cour*, trad. par Amelot de la Houssaye, éd. Gérard Lebovici ; *La Pointe ou l'Art du génie*, trad. par M. Gendreau-Massaloux et P. Laurens, préf. de Marc Fumaroli, L'Âge d'Homme.

Vicente Huidobro, *Antología*, éd. Jaime Concha, Júcar, « Los poetas ».

Juan Ramón Jiménez, *Aforismos e ideas líricas*, éd. José Luis Morante, Aforismos de Siltolá.

James Joyce, *Œuvres complètes*, éd. Jacques Aubert, t. I, Gallimard, « Bibliothèque de la Pléiade ».

Karl KRAUS, *Dits et contredits*, trad. par Roger Lewinter, éd. Gérard Lebovici.

Jean DE LA FONTAINE, *Fables*, éd. Marc Fumaroli, Imprimerie nationale.

LA ROCHEFOUCAULD, *Maximes*, éd. Jacques Truchet, Garnier-Flammarion.

Michel LEIRIS, *Glossaire j'y serre mes gloses* ; *Langage tangage ou Ce que les mots me disent*, Gallimard.

Émile LITTRÉ, *Pathologie verbale ou Lésions de certains mots dans le cours de l'usage*, Bibliothèque nationale.

Georg Christoph LICHTENBERG, *Aphorismes*, trad. par Marthe Robert, Denoël ; *50 aphorismes traduits en rébus*, trad. par Ballaré, Balland.

Prince DE LIGNE, *Coup d'œil sur Belœil*, Bossard.

Friedrich NIETZSCHE, *Le Gai Savoir*, Gallimard, « Idées ».

René DE OBALDIA, *Perles de vie*, Grasset.

Blaise PASCAL, *Œuvres*, éd. Jacques Chevalier, Gallimard, « Bibliothèque de la Pléiade ».

Georges PEREC, *Je me souviens*, Hachette, « Textes du XXe siècle ».

Antonio PORCHIA, *Voix réunies*, traduit de l'espagnol (Argentine) par Danièle Faugeras, édition bilingue, Érès, « po&psy ».

Jules RENARD, *Journal*, 10/18.

Gertrude STEIN, partout où il y a des roses…

ET

Marcel BENABOU, *Un aphorisme peut en cacher un autre*, Bibliothèque oulipienne, n° 13, 1980.

Adolfo CASTAÑÓN, « De las formas breves en la literatura latinoamericana contemporánea », *América, cahier du CRICCAL*, nº 18, t. I, 1997.

Marie-Claire DUMAS, *Robert Desnos ou l'Exploration des limites*, Klincksieck.

Monique NEMER, « Les intermittences de la vérité (Maxime, sentence ou aphorisme : notes sur l'évolution d'un genre) », *Studi Francesi*, 1982.

Les Formes brèves de la prose et le discours discontinu (XVIe, XVIIe siècle), études réunies et présentées par Jean Lafond, Librairie philosophique J. Vrin.

Table

L'auteur

Florence Delay a publié notamment :

Aux Éditions du Seuil :

Partition rouge. Poèmes et chants des Indiens d'Amérique du Nord, avec Jacques Roubaud.

L'Hexaméron, avec Michel Chaillou, Michel Deguy, Natacha Michel, Jacques Roubaud et Denis Roche.

Catalina, enquête.

Il n'y a pas de cheval sur le chemin de Damas, « La Librairie du XXIe siècle ».

Aux Éditions Gallimard :

Minuit sur les jeux, roman (« L'Imaginaire », nº 487).

Le Aïe aïe de la corne de brume, roman (« Folio », nº 1554).

L'Insuccès de la fête, roman (« L'Imaginaire », nº 244).

Riche et légère, roman, prix Femina 1983 (« Folio », nº 2168).

Course d'amour pendant le deuil, roman.

Etxemendi, roman (« Folio », nº 2398).

La Fin des temps ordinaires, roman.

La Séduction brève, essai.

Dit Nerval, Grand Prix du roman de la Ville de Paris 1999 (« L'un et l'autre » ; « Folio », nº 4066).

Discours de réception à l'Académie française et réponse d'Hector Bianciotti.

Trois Désobéissances, roman.

Mes cendriers.

Il me semble, mesdames.

Sept Saisons (« Cahiers de la NRF »).

La Vie comme au théâtre.

Haute Couture.

Un été à Miradour, roman.

En collaboration avec Jacques Roubaud :

Graal Théâtre.

Joseph d'Arimathie, *Merlin l'Enchanteur*, *Gauvain et le Chevalier Vert*, *Perceval le Gallois*,

Lancelot du Lac, L'Enlèvement de la reine, Morgane contre Guenièvre, Fin des temps aventureux, Galaad ou la Quête, La Tragédie du roi Arthur.

Chez d'autres éditeurs :

Petites Formes en prose après Edison, essai, Hachette, « Textes du XXe siècle », Fayard.

Les Dames de Fontainebleau, Franco Maria Ricci.

Semaines de Suzanne, avec Patrick Deville, Jean Echenoz, Sonja Greenlee, Harry Mathews, Mark Polizzotti, Olivier Rolin, Minuit.

Œillet rouge sur le sable, avec Francis Marmande, Fourbis.

Mon Espagne. Or et Ciel, Hermann.

Traductions :

José Bergamín, *La Décadence de l'analphabétisme*, La Délirante.

–, *Beauténébreux*, La Délirante.

–, *La Solitude sonore du toreo*, Verdier poche.

Pedro Calderón de la Barca, *Le Grand Théâtre du monde*, suivi de *Procès en séparation de l'âme et du corps*, L'Avant-Scène théâtre.

Arnaldo Calveyra, *L'Éclipse de la balle*, Actes Sud-Papiers.

–, *L'Homme du Luxembourg*, Actes Sud.

Lucas Fernández, *Auto de la Passion*, in *Théâtre espagnol du XVIe siècle*, Gallimard, « Bibliothèque de la Pléiade ».

Sor Juana Inés de la Cruz, *Le Divin Narcisse*, précédé de *Premier Songe et autres textes*, avec Frédéric Magne et Jacques Roubaud, Gallimard.

Ramón Gómez de la Serna, *Les Moitiés*, en collaboration avec Pierre Lartigue, Christian Bourgois éditeur.

Fernando de Rojas, *La Célestine*, version 1, Actes Sud-Papiers ; version 2, L'Avant-Scène théâtre.

Félix Lope de Vega, *Pedro et le Commandeur*, L'Avant-Scène théâtre.

Michée, Aggée, Zacharie, Malachie (avec Maurice Roger et Arnaud Sérandour), L'Évangile de Jean, Trois Lettres de Jean (avec Alain Marchadour), dans *La Bible, nouvelle traduction*, Bayard.

La Librairie du XXIe siècle

Sylviane Agacinski, *Le Passeur de temps. Modernité et nostalgie.*

Sylviane Agacinski, *Métaphysique des sexes. Masculin/féminin aux sources du christianisme.*

Sylviane Agacinski, *Drame des sexes. Ibsen, Strindberg, Bergman.*

Sylviane Agacinski, *Femmes entre sexe et genre.*

Sylviane Agacinski, *Le Tiers-Corps. Réflexions sur le don d'organes.*

Giorgio Agamben, *La communauté qui vient. Théorie de la singularité quelconque.*

Sébastien Albertelli, Julien Blanc et Laurent Douzou, *La Lutte clandestine en France. Une histoire de la Résistance (1940-1944).*

Anne-Marie Albiach, *La Mezzanine, le dernier récit de Catarina Quia*, préface de Jacques Roubaud.

Henri Atlan, *Tout, non, peut-être. Éducation et vérité.*

Henri Atlan, *Les Étincelles de hasard I. Connaissance spermatique.*

Henri Atlan, *Les Étincelles de hasard II. Athéisme de l'Écriture.*

Henri Atlan, *L'Utérus artificiel.*

Henri Atlan, *L'Organisation biologique et la Théorie de l'information.*

Henri Atlan, *De la fraude. Le monde de l'*onaa.

Marc Augé, *Domaines et Châteaux.*

Marc Augé, *Non-lieux. Introduction à une anthropologie de la surmodernité.*

Marc Augé, *La Guerre des rêves. Exercices d'ethnofiction.*

Marc Augé, *Casablanca.*

Marc Augé, *Le Métro revisité.*

Marc Augé, *Quelqu'un cherche à vous retrouver.*

Marc Augé, *Journal d'un SDF. Ethnofiction.*

Marc Augé, *Une ethnologie de soi. Le temps sans âge.*

Jean-Christophe Bailly, *Le Propre du langage. Voyages au pays des noms communs.*

Jean-Christophe Bailly, *Le Champ mimétique.*

Marcel Bénabou, *Jacob, Ménahem et Mimoun. Une épopée familiale.*

Marcel Bénabou, *Pourquoi je n'ai écrit aucun de mes livres.*

Maurizio Bettini, *Noël. Aux origines de la crèche.*

Julien Blanc, *Au commencement de la Résistance. Du côté du musée de l'Homme, 1940-1941.*

Julien Blanc, voir Sébastien Albertelli *et alii.*

R. Howard Bloch, *Le Plagiaire de Dieu. La fabuleuse industrie de l'abbé Migne.*

Remo Bodei, *La Sensation de déjà vu.*

Ginevra Bompiani, *Le Portrait de Sarah Malcolm.*

Julien Bonhomme, *Les Voleurs de sexe. Anthropologie d'une rumeur africaine.*

Yves Bonnefoy, *Lieux et Destins de l'image. Un cours de poétique au Collège de France (1981-1993).*

Yves Bonnefoy, *L'Imaginaire métaphysique.*

Yves Bonnefoy, *Notre besoin de Rimbaud.*

Yves Bonnefoy, *L'Autre Langue à portée de voix.*

Yves Bonnefoy, *Le Siècle de Baudelaire.*

Yves Bonnefoy, *L'Hésitation d'Hamlet et la Décision de Shakespeare.*

Philippe Borgeaud, *La Mère des dieux. De Cybèle à la Vierge Marie.*

Philippe Borgeaud, *Aux origines de l'histoire des religions.*

Philippe Borgeaud, *La Pensée européenne des religions.*

Jorge Luis Borges, *Cours de littérature anglaise.*

Esteban Buch, Trauermarsch. *L'Orchestre de Paris dans l'Argentine de la dictature.*

Claude Burgelin, *Les Mal Nommés. Duras, Leiris, Calet, Bove, Perec, Gary et quelques autres.*

Italo Calvino, *Pourquoi lire les classiques.*

Italo Calvino, *La Machine littérature.*

Paul Celan et Gisèle Celan-Lestrange, *Correspondance.*

Paul Celan, *Le Méridien & autres proses.*

Paul Celan, *Renverse du souffle.*

Paul Celan et Ilana Shmueli, *Correspondance.*

Paul Celan, *Partie de neige.*

Paul Celan et Ingeborg Bachmann, *Le Temps du cœur. Correspondance.*

Michel Chodkiewicz, *Un océan sans rivage. Ibn Arabî, le Livre et la Loi.*

Antoine Compagnon, *Chat en poche. Montaigne et l'allégorie.*

Hubert Damisch, *Un souvenir d'enfance par Piero della Francesca.*

Hubert Damisch, *CINÉ FIL.*

Hubert Damisch, *Le Messager des îles.*

Hubert Damisch, *La Ruse du tableau. La peinture ou ce qu'il en reste.*

Luc Dardenne, *Au dos de nos images (1991-2005)*, suivi des scénarios de *Le Fils* et *L'Enfant*, par Jean-Pierre et Luc Dardenne.

Luc Dardenne, *Au dos de nos images II (2005-2014)*, suivi des scénarios de *Le Gamin au vélo* et *Deux Jours, une nuit*, par Jean-Pierre et Luc Dardenne.

Luc Dardenne, *Au dos de nos images III (2014-2022)*, suivi des scénarios de *Le Silence de Lorna, La Fille inconnue, Le Jeune Ahmed* et *Tori et Lokita*, par Jean-Pierre et Luc Dardenne.

Luc Dardenne, *Sur l'affaire humaine.*

Michel Deguy, *À ce qui n'en finit pas.*

Daniele Del Giudice, *Quand l'ombre se détache du sol.*

Daniele Del Giudice, *L'Oreille absolue.*

Daniele Del Giudice, *Dans le musée de Reims.*

Daniele Del Giudice, *Horizon mobile.*
Daniele Del Giudice, *Marchands de temps.*
Daniele Del Giudice, *Le Stade de Wimbledon.*
Florence Delay, *Il n'y a pas de cheval sur le chemin de Damas.*
Florence Delay, *Zigzag.*
Mireille Delmas-Marty, *Pour un droit commun.*
Jean-Paul Demoule, *Mais où sont passés les Indo-Européens ? Le mythe d'origine de l'Occident.*
Marcel Detienne, *Comparer l'incomparable.*
Marcel Detienne, *Comment être autochtone. Du pur Athénien au Français raciné.*
Donatella Di Cesare, *Heidegger, les Juifs, la Shoah. Les* Cahiers noirs.
Milad Doueihi, *Histoire perverse du cœur humain.*
Milad Doueihi, *Le Paradis terrestre. Mythes et philosophies.*
Milad Doueihi, *La Grande Conversion numérique.*
Milad Doueihi, *Solitude de l'incomparable. Augustin et Spinoza.*
Milad Doueihi, *Pour un humanisme numérique.*
Laurent Douzou, voir Sébastien Albertelli *et alii.*

Jean-Pierre Dozon, *La Cause des prophètes. Politique et religion en Afrique contemporaine*, suivi de *La Leçon des prophètes* par Marc Augé.

Pascal Dusapin, *Une musique en train de se faire.*

Brigitta Eisenreich, avec Bertrand Badiou, *L'Étoile de craie. Une liaison clandestine avec Paul Celan.*

Uri Eisenzweig, *Naissance littéraire du fascisme.*

Uri Eisenzweig, *Le sionisme fut un humanisme.*

Norbert Elias, *Mozart. Sociologie d'un génie.*

Norbert Elias, *Théorie des symboles.*

Norbert Elias, *Les Allemands. Luttes de pouvoir et développement de l'habitus aux XIXe et XXe siècles.*

Rachel Ertel, *Dans la langue de personne. Poésie yiddish de l'anéantissement.*

Arlette Farge, *Le Goût de l'archive.*

Arlette Farge, *Dire et mal dire. L'opinion publique au XVIIIe siècle.*

Arlette Farge, *Le Cours ordinaire des choses dans la cité du XVIIIe siècle.*

Arlette Farge, *Des lieux pour l'histoire.*

Arlette Farge, *La Nuit blanche.*

Lisa Fittko, *Le Chemin Walter Benjamin*, précédé de *Le Présent du passé*, par Edwy Plenel.

Alain Fleischer, *L'Accent, une langue fantôme.*

Alain Fleischer, *Le Carnet d'adresses.*

Alain Fleischer, *Réponse du muet au parlant. En retour à Jean-Luc Godard.*

Alain Fleischer, *Sous la dictée des choses.*

Lydia Flem, *L'Homme Freud.*

Lydia Flem, *Casanova ou l'Exercice du bonheur.*

Lydia Flem, *La Voix des amants.*

Lydia Flem, *Comment j'ai vidé la maison de mes parents.*

Lydia Flem, *Panique.*

Lydia Flem, *Lettres d'amour en héritage.*

Lydia Flem, *Comment je me suis séparée de ma fille et de mon quasi-fils.*

Lydia Flem, *La Reine Alice.*

Lydia Flem, *Discours de réception à l'Académie royale de Belgique*, accueillie par Jacques de Decker, secrétaire perpétuel.

Lydia Flem, *Je me souviens de l'imperméable rouge que je portais l'été de mes vingt ans.*

Lydia Flem, *La Vie quotidienne de Freud et de ses patients*, préface de Fethi Benslama.

Lydia Flem, *Paris Fantasme.*

Lydia Flem, *Bouche bavarde oreille curieuse.*

Nadine Fresco, *Fabrication d'un antisémite.*

Nadine Fresco, *La Mort des juifs.*

Françoise Frontisi-Ducroux, *Ouvrages de dames. Ariane, Hélène, Pénélope...*

Françoise Frontisi-Ducroux, *Arbres filles et Garçons fleurs. Métamorphoses érotiques dans les mythes grecs.*

Marcel Gauchet, *L'Inconscient cérébral.*

Hélène Giannecchini, *Une image peut-être vraie. Alix Cléo Roubaud*, postface de Jacques Roubaud.

Hélène Giannecchini, *Voir de ses propres yeux.*

Jack Goody, *La Culture des fleurs.*

Jack Goody, *L'Orient en Occident.*

Anthony Grafton, *Les Origines tragiques de l'érudition. Une histoire de la note en bas de page.*

Jean-Claude Grumberg, *Mon père. Inventaire*, suivi de *Une leçon de savoir-vivre.*

Jean-Claude Grumberg, *Pleurnichard.*

Jean-Claude Grumberg, *La Plus Précieuse des marchandises. Un conte.*

Jean-Claude Grumberg, *Jacqueline Jacqueline.*

Jean-Claude Grumberg, *De Pitchik à Pitchouk.*

François Hartog, *Régimes d'historicité. Présentisme et expériences du temps.*

Daniel Heller-Roazen, *Écholalies. Essai sur l'oubli des langues.*

Daniel Heller-Roazen, *L'Ennemi de tous. Le pirate contre les nations.*

Daniel Heller-Roazen, *Une archéologie du toucher.*

Daniel Heller-Roazen, *Le Cinquième Marteau. Pythagore et la dysharmonie du monde.*

Daniel Heller-Roazen, *Langues obscures. L'art des voleurs et des poètes.*

Ivan Jablonka, *Histoire des grands-parents que je n'ai pas eus. Une enquête.*

Ivan Jablonka, *L'histoire est une littérature contemporaine. Manifeste pour les sciences sociales.*

Ivan Jablonka, *Laëtitia ou la Fin des hommes.*

Ivan Jablonka, *En camping-car.*

Ivan Jablonka, *Un garçon comme vous et moi.*

Roman Jakobson/Claude Lévi-Strauss, *Correspondance. 1942-1982.*

Jean Kellens, *La Quatrième Naissance de Zarathushtra. Zoroastre dans l'imaginaire occidental.*

Nicole Lapierre, *Sauve qui peut la vie.*

Marc de Launay, *Nietzsche et la race.*

Jacques Le Brun, *Le Pur Amour de Platon à Lacan.*

Jacques Le Brun, *Dieu, un pur rien. Angelus Silesius, poésie, métaphysique et mystique.*

Jacques Le Goff, *Faut-il vraiment découper l'histoire en tranches ?*

Jean Levi, *Les Fonctionnaires divins. Politique, despotisme et mystique en Chine ancienne.*

Jean Levi, *La Chine romanesque. Fictions d'Orient et d'Occident.*

Claude Lévi-Strauss, *L'Anthropologie face aux problèmes du monde moderne.*

Claude Lévi-Strauss, *L'Autre Face de la lune. Écrits sur le Japon.*

Claude Lévi-Strauss, *Nous sommes tous des cannibales.*

Claude Lévi-Strauss, *« Chers tous deux ». Lettres à ses parents, 1931-1942.*

Claude Lévi-Strauss, *Le Père Noël supplicié.*

Claude Lévi-Strauss, *Anthropologie structurale zéro.*

Claude Lévi-Strauss/Roman Jakobson, *Correspondance. 1942-1982.*

Monique Lévi-Strauss, *Une enfance dans la gueule du loup.*

Nicole Loraux, *Les Mères en deuil.*

Nicole Loraux, *Né de la Terre. Mythe et politique à Athènes.*

Nicole Loraux, *La Tragédie d'Athènes. La politique entre l'ombre et l'utopie.*

Patrice Loraux, *Le Tempo de la pensée.*

Sabina Loriga, *Le Petit x. De la biographie à l'histoire.*

Charles Malamoud, *Le Jumeau solaire.*

Charles Malamoud, *La Danse des pierres. Études sur la scène sacrificielle dans l'Inde ancienne.*

François Maspero, *Des saisons au bord de la mer.*

Fabio Morábito, *À chacun son ciel. Anthologie poétique (1984-2019)*, précédé de *Morábito poète orphique*, par Martin Rueff.

Marie Moscovici, *L'Ombre de l'objet. Sur l'inactualité de la psychanalyse.*

Maurice Olender, *Un fantôme dans la bibliothèque.*

Nicanor Parra, *Poèmes et Antipoèmes* et *Anthologie (1937-2014).*

Michel Pastoureau, *L'Étoffe du diable. Une histoire des rayures et des tissus rayés.*

Michel Pastoureau, *Une histoire symbolique du Moyen Âge occidental.*

Michel Pastoureau, *L'Ours. Histoire d'un roi déchu.*

Michel Pastoureau, *Les Couleurs de nos souvenirs.*

Michel Pastoureau, *Le Roi tué par un cochon. Une mort infâme aux origines des emblèmes de la France ?*

Michel Pastoureau, *Une couleur ne vient jamais seule. Journal chromatique, 2012-2016.*

Michel Pastoureau, *Dernière Visite chez le roi Arthur. Histoire d'un premier livre.*

Vincent Peillon, *Une religion pour la République. La foi laïque de Ferdinand Buisson.*

Vincent Peillon, *Éloge du politique. Une introduction au XXIe siècle.*

Vincent Peillon, *Liberté, Égalité, Fraternité. Sur le républicanisme français.*

Georges Perec, *l'infra-ordinaire.*

Georges Perec, *Vœux.*

Georges Perec, *Je suis né.*

Georges Perec, *Cantatrix sopranica L. et autres écrits scientifiques.*

Georges Perec, *L. G. Une aventure des années soixante.*

Georges Perec, *Le Voyage d'hiver.*

Georges Perec, *Un cabinet d'amateur.*

Georges Perec, *Beaux Présents Belles Absentes.*

Georges Perec, *Penser/Classer.*

Georges Perec, *Le Condottière.*

Georges Perec, *L'Attentat de Sarajevo.*

Georges Perec, *Espèces d'espaces.*

Georges Perec, *Lieux.*

Georges Perec/OuLiPo, *Le Voyage d'hiver & ses suites.*

Cristina Peri Rossi, *Babel barbare et autres poèmes.*

Catherine Perret, *L'Enseignement de la torture. Réflexions sur Jean Améry.*

Catherine Perret, *Le Tacite, l'Humain. Anthropologie politique de Fernand Deligny.*

Michelle Perrot, *Histoire de chambres.*

Michelle Perrot, *George Sand à Nohant. Une maison d'artiste.*

Denis Podalydès, *Les nuits d'amour sont transparentes. Pendant* La Nuit des rois.

J.-B. Pontalis, *La Force d'attraction.*

Jean Pouillon, *Le Cru et le Su.*

Jérôme Prieur, *Roman noir.*

Jérôme Prieur, *Rendez-vous dans une autre vie.*

Jérôme Prieur, *La Moustache du soldat inconnu.*

Jacques Rancière, *Courts Voyages au pays du peuple.*

Jacques Rancière, *Les Noms de l'histoire. Essai de poétique du savoir.*

Jacques Rancière, *La Fable cinématographique.*

Jacques Rancière, *Chroniques des temps consensuels.*

Jacques Rancière, *Les Bords de la fiction.*

Amos Reichman, *Jacques Schiffrin, un éditeur en exil. La vie du fondateur de la « Pléiade »*, préface de Robert O. Paxton.

Jean-Michel Rey, *Paul Valéry. L'aventure d'une œuvre.*

Jacqueline Risset, *Puissances du sommeil.*

Jean-Loup Rivière, *Le Monde en détails.*

Denis Roche, *Dans la maison du Sphinx. Essais sur la matière littéraire.*

Olivier Rolin, *Suite à l'hôtel Crystal.*

Olivier Rolin & Cie, *Rooms.*

Charles Rosen, *Aux confins du sens. Propos sur la musique.*

Israel Rosenfield, *« La Mégalomanie » de Freud.*

Pierre Rosenstiehl, *Le Labyrinthe des jours ordinaires.*

Paul-André Rosental, *Destins de l'eugénisme.*

Jacques Roubaud, *Poétique. Remarques. Poésie, mémoire, nombre, temps, rythme, contrainte, forme, etc.*

Jacques Roubaud, *Peut-être ou la Nuit de dimanche (brouillon de prose). Autobiographie romanesque.*

Jean-Frédéric Schaub, *Oroonoko, prince et esclave. Roman colonial de l'incertitude.*

Jean-Frédéric Schaub, *Pour une histoire politique de la race.*

Francis Schmidt, *La Pensée du Temple. De Jérusalem à Qoumrân.*

Jean-Claude Schmitt, *La Conversion d'Hermann le Juif. Autobiographie, histoire et fiction.*

Alain Schnapp, *Une histoire universelle des ruines. Des origines aux Lumières.*

Michel Schneider, *La Tombée du jour. Schumann.*

Michel Schneider, *Baudelaire. Les années profondes.*

Jean Schwœbel, *La Presse, le Pouvoir et l'Argent*, préface de Paul Ricœur, avant-propos d'Edwy Plenel.

David Shulman, Velcheru Narayana Rao et Sanjay Subrahmanyam, *Textures du temps. Écrire l'histoire en Inde.*

David Shulman, *Ta'ayush. Journal d'un combat pour la paix. Israël-Palestine, 2002-2005*, préface de Charles Malamoud.

David Shulman, *Un si sombre espoir. Sur les collines du sud d'Hébron. Ta'ayush II, 2007-2017*, préface de Maurice Olender.

Jean Starobinski, *Action et Réaction. Vie et aventures d'un couple.*

Jean Starobinski, *Les Enchanteresses.*

Jean Starobinski, *L'Encre de la mélancolie.*

Jean Starobinski, *Le Corps et ses raisons*, précédé de *Que la raison*, par Martin Rueff.

Anne-Lise Stern, *Le Savoir-Déporté. Camps, histoire, psychanalyse.*

Antonio Tabucchi, *Les Trois Derniers Jours de Fernando Pessoa. Un délire.*

Antonio Tabucchi, *La Nostalgie, l'Automobile et l'Infini. Lectures de Pessoa.*

Antonio Tabucchi, *Autobiographies d'autrui. Poétiques* a posteriori.

Emmanuel Terray, *La Politique dans la caverne.*

Emmanuel Terray, *Une passion allemande. Luther, Kant, Schiller, Hölderlin, Kleist.*

Emmanuel Terray, *Mes anges gardiens*, précédé d'*Emmanuel Terray l'insurgé*, par Françoise Héritier.

Camille de Toledo, *Le Hêtre et le Bouleau. Essai sur la tristesse européenne*, suivi de *L'Utopie linguistique ou la Pédagogie du vertige.*

Camille de Toledo, *Vies pøtentielles.*

Camille de Toledo, *Oublier, trahir, puis disparaître.*

Peter Trawny, *Heidegger. Une introduction critique.*

César Vallejo, *Poèmes humains* et *Espagne, écarte de moi ce calice.*

Jean-Pierre Vernant, *Mythe et Religion en Grèce ancienne.*

Jean-Pierre Vernant, *Entre mythe et politique I.*

Jean-Pierre Vernant, *L'Univers, les Dieux, les Hommes. Récits grecs des origines.*

Jean-Pierre Vernant, *La Traversée des frontières. Entre mythe et politique II.*

Ida Vitale, *Ni plus ni moins.*

Nathan Wachtel, *Dieux et Vampires. Retour à Chipaya.*

Nathan Wachtel, *La Foi du souvenir. Labyrinthes marranes.*

Nathan Wachtel, *La Logique des bûchers.*

Nathan Wachtel, *Mémoires marranes. Itinéraires dans le* sertão *du Nordeste brésilien.*

Catherine Weinberger-Thomas, *Cendres d'immortalité. La crémation des veuves en Inde.*

Natalie Zemon Davis, *Juive, Catholique, Protestante. Trois femmes en marge au* XVIIe *siècle.*

RÉALISATION : NORD COMPO À VILLENEUVE-D'ASCQ
IMPRESSION : IMPRIMERIE NORMANDIE ROTO
DÉPÔT LÉGAL : FÉVRIER 2023. N° 150725 (2205821)
IMPRIMÉ EN FRANCE